郁思・著

An Aged Face with Young Voice

年輕的聲音，蒼老的容顏

郁思文集

自序

真沒想到自己有一天真的會再出一本書。

將近四十年前我出國前夕，把一些該算是習作的東西，存放在好友那裡。沒有自己帶走的原因是，兩個孩子加上我的行李就夠沉重的，再說出國等先生讀完書，最多兩年就回來了。最重要的是我覺得，那些習作沒有好到能隨我飄洋過海的標準。

後來朋友費心竟然替我整理編排校對，還找出版社，最終替我出了一本書，寫了一篇非常好的序文。在那沒有電腦協助的年代，朋友的辛勞可想而知，真的好感謝她。

書寄到我海外的家，看著那些有點陌生的文字，認真的臉紅了好幾次。好在有朋友那篇精彩的序文撐著點門面，不然真的是情何以堪。

這一去國就是將近四十年。前三十年忙著生活過日子，再沒有提筆的時間。退休了，有些時間回頭看看走過的道路橋樑，常常一走神就回到了從前。鼓起勇氣提起筆隨性抒發，書寫過往的生活片段，記錄那些年心情的跌宕起伏。

我們在德州西北的小鎮一住三十年，是我這一生在同一個地方居住最長久的地方。在那裡開了間二十三年名叫「長城」的中餐館，是我這一生從事最長久的行業。文章的許多篇章就繞著小城和長城鋪展開來。像〈調酒生涯〉，〈風雨故人來〉，〈蒙古烤肉〉那幾篇。〈告別小城〉和〈告別長城〉兩篇算是對那地方和那餐館最後的懷念。三十年啊，那城那店，這幾篇文章不過涵蓋了城市的幾條街和長城的幾塊磚罷了。三十年的牽絆縈洄，文字的描繪實在是太渺小了。

兒子八歲、女兒六歲來到美國，如今我的兩個小孫女都比當年兒子的年齡大。他們成長的歲月，加上孫女的陣容，帶給我歡樂和淚水，是我後期文章的題材。〈分居〉，〈妹妹背著洋娃娃〉，〈幾人歡樂幾人愁〉等幾篇。

其他的篇章就比較散亂零落，完全是自己隨性隨意的心情發抒。

幾篇小說不過是散文的延伸，總共只有六篇。三篇是寫餐廳發生的事情，那些人在我的記憶裡極為鮮明，他們的音容笑貌，常常像靜夜的叩門人讓我仔細傾聽，等到天明我就用心用筆把他們記載下來。其他三篇都是看到的片段加上自己的推演，寫成文字。

〈潭邊歲月〉那篇，是用先生的立場寫的，那是他記憶裏最美麗的家園。

這些湊合著成了這一本書。

臨到這把年紀才出書，是因為一位生病朋友的催促。對生病的人，特別是病得不輕的人，真的沒有足夠的勇氣拂逆他的意願。

最後要謝謝周志文夫婦的協助，從編排到校稿，設計及選擇封面，全程參與，比周教授自己再出一本書還要費心，真的多謝。當然還有先生不斷的鼓勵，就這樣我又再出了一本書。

郁思

二〇〇九年十月於德州

目次

自序　003

散文

雞啼　015
枇杷　017
潭邊歲月　020
路友　023
遛狗　026
淡然的秋日　031

漫漫繾綣　034
吩咐東風莫亂吹　037
淒淒街頭，落落巷尾　041
周醫生的農場　046
烏龜的世界　049
幸福的感覺　051
藥事　054
思念父親　059
稀薄的母愛　065
眼睛的故事　069
酒釀蛋　073
魚糕和魚凍　075
香腸　079
分居　082
妹妹背著洋娃娃　086

我不是老鼠　091
戀舊　094
幾人歡樂幾人愁　097
湯圓　99
手書　101
信，信箱　104
年輕的聲音，蒼老的容顏　107
夕陽無限好　111
茶與同情　114
樹的風情　117
買房賣房　121
老公　125
音樂之路　128
黃瓜　133
拾葉　136

小說

曬衣樂　138
借錢　141
疼痛　144
告別長城　149
調酒生涯　156
蒙古烤肉的滄桑　161
美好的老日子　165
風雨故人來　168
告別小城　170
我家快樂　177
深秋　185
芳芳的故事　197

佩琦的天空　209
藉著微風　214
著女裝的男人　220
地老天荒　227

散文

雞啼

今早走過第五街的轉角，忽然聽到了一聲雞啼。小城的朋友有在住家後院養過雞的，但是不敢養公雞，說是怕公雞早啼吵了鄰居的安眠；如果吵得過頭，鄰居可能會報警的。怎麼這家人竟然不怕吵了鄰居呢。但是這「咯，咯，咯……」的聲音，聽在我耳裡，是那麼的悅耳動人，勾起我多少久遠的回憶。

讀中學時，眷村裡一窩風的流行養雞。手腳一向不怎麼靈巧的父親，買些木板叮叮噹噹竟然也釘了一個雞籠，養了二十幾隻落道紅。續後的餵飼料、換飲水、掃雞糞的瑣碎工作，都是我這長女的責任，弟妹們只享受著撿雞蛋的樂趣。

我每次放好飼料，總要站在邊上，觀看那些雞兒們伸長脖子，一邊啄食一邊咕咕叫喚的聲音，好像在跟我說謝謝，又好像嫌我飼料放得不夠多。父親特別交代過每次定量，不然賣雞蛋、雞隻的錢還不夠買飼料的開銷，那可就虧本了。

我最喜歡的還是那隻大公雞每天的早啼。弟妹們抱怨公雞吵了他們的早眠，我倒是高興牠把我早早叫醒，一邊聽牠唱歌，一邊瞪著天花板做我矇曨青澀的少年夢。

可憐我們就收了幾次雞蛋，一次雞瘟把父親的養雞賺錢夢徹底摧毀了。我再沒機會聽那清晨催人早起的咯咯聲。

後來都市發展創造了無數的噪音，卻消滅了晨雞的引吭高歌聲。只在教小學的音樂課上，聽孩子們清越的童音唱著：「大公雞，你要早早啼，好叫小妹和小弟，大家都早起……」正是當年我這做大姐的，每天叫喚弟妹們起床的寫照。

一隔幾十年，第一次回大陸，住在蘇州先生的姐姐家，才又聽到公雞的啼叫。清晨四點多鐘，一聲接一聲高昂的啼叫，把那最後的一個「咯」拖長得遠到天邊般，多麼陌生又熟悉的雞啼啊！

今天我就特別在第五街的轉角，來回走了許多次。像在博物館裡尋找古蹟的遊客，讓公雞美麗的啼聲，一遍遍從歷史的過道走進我的耳簾。

枇杷

達城的新家邊院有一顆枇杷樹。去年四月搬來，五月收穫了五顆枇杷，怕是原來的美國主人不知道枇杷也是一種水果，沒有好好照顧的關係吧。

來美國還沒看過枇杷樹，我就特別珍惜的給它施肥澆水。十月快到尾聲的時候，有一天看見枝葉間有了一粒粒小小的果子，擠擠攘攘成堆的簇擁而出。是枇杷嗎？這麼迎著即將來臨的寒冬，不怕凍壞了那小小單薄的身子？但是天寒地凍的一個冬天，枇杷樹在眾多落葉蕭蕭下的枯木中，倒是一枝獨秀的檸持著一片天。

接著是美國的感恩節、聖誕節，還有媳婦和小孫女的生日都在這期間湊熱鬧，忙碌的日子接二連三，就忘記了屋外的枇杷樹。直到今年三月，才猛然看到枇杷樹上粒粒的小果子變大了，一天天由青綠而淺黃最終染成金黃，纍纍果實塞滿枝葉間，有成雙對的，有三四個甚或五六個熱鬧擠在一堆的，給人一種黃金掛滿枝頭的幻覺。

四月初的時候，我從樹上採下一顆，皮有些硬，味有些澀。四月中再嚐，皮稍軟肉稍甜，離收穫應該還有一段時間。沒過幾天朋友來訪，三個人每人踮腳伸手的各自採了一些，邊吃邊讚嘆：「到美國後沒吃過這麼好吃的枇杷，又新鮮又沒有農藥，等一會兒我們還要帶一些回家啊！」

想起今年開春時，跟張家夫婦到日本料理店用完晚餐出來，張太太指著沿著走道的幾顆枇杷樹跟我說：「每年枇杷成熟時，我們總要求老闆讓我們摘些枇杷帶回家。」

我打電話告訴張太太今年來我家摘枇杷吧，她說哪有這麼早熟的枇杷，然後斬釘截鐵地說：「至少還要等三個星期呢。」我想他們夫婦是摘枇杷的老手，聽她的話應該是沒錯的，來我家摘吃枇杷的三位朋友，還沒有嚐到真正甜美的枇杷呢！而且高枝上的枇杷得用梯子才搆得到，那麼就再等幾星期吧，只好在睡夢裡跟金黃香甜的枇杷打照面。

又過了一星期，那天在太陽映照下，在枇杷樹下抬眼張望，顆顆枇杷像漲滿了汁液般要破皮而出，跟先生說怕是不能再等了，明天一定要搬梯子摘枇杷。再用手撫摸一番，唉呀，鳥兒啄食了好些顆呢。

第二天有事情忙著，第三天從窗戶往外一看，滿樹金黃沒有了蹤影。趕緊開門奔過去，枇杷已經在地上編織了一層黃色的厚絨地毯了。俯身隨手撿拾一些，多半都被刁嘴的鳥兒篩檢過了，樹上僅存的三數顆皺巴巴的被歲月打了千層摺。

電話裡張太太嘆著氣：「哎呀，你們家的枇杷怎麼那麼早熟啊，只好等明年囉，好在有了今年的經驗。」

腦海裡想起古人那句「花開堪折直須折」的詩句來。

潭邊歲月

父親再婚之後，與他新婚的老伴在碧潭邊一塊竹林地蓋了間新房子。到那間房子，要從台北坐公車到新店，走一段路到渡船口坐渡船，下了船又要走段長路才能到那間紅瓦白牆的小房子。房子座落在青潭與直潭間叫灣潭的地方。大名鼎鼎的碧潭就在它不遠的下游。父親那時退休了，住在那清靜的地方養老，時間是他最能隨意揮霍的東西。他的新老伴還在台北教書，平時住在宿舍，週末偶爾回來，寒暑假才住得長些。我那時讀大學也有宿舍，但覺得該多陪陪潭邊寂寞孤單的父親，所以每逢沒課或週末或放假什麼的，我就跋涉長途的回到潭邊暫時稱為「家」的小屋去。

每多回去一次就多發現一些這座竹林深處居家的好處，到後來索性宿舍住得少而潭邊住得多了。

坐渡船是一種最美的享受。我坐渡船不是絕早趕上學，就是黃昏放學歸來，那都是潭面最美的時光。船夫撐一隻長蒿悠閑的搖著，早晨多半是我一個人獨站船頭，享受晨間的藍天綠水，水面的清風薄霧，一種遺世獨立的蒼茫，兜上心頭。可惜潭面不寬，我欲乘風歸去的壯志還沒興起船就到岸了。黃昏的渡船總把潭底的夕陽搖成片片金鱗，潭底的鱗片習習嘩嘩地抗議著是誰攪亂了它的清夢，也像流淚滿面的棄婦，嗚咽地訴說她一生的悲愁。我不喜歡太晚坐渡船，黑魆魆的看不清東西，有月亮的晚上就不一樣了。水底的月兒沉靜含蓄，它的清輝也似蒙了一層霧般的，美得不那麼露白。

父親說竹林子裡這麼一戶獨門人家，養一條狗也許安全些。其實這麼隱蔽的地方，往前去是水路，往後走是山路，哪會有人到這山窮水盡的地方來做什麼的，無非是父親想要尋找自己衣袂飄揚之外的另一種聲音罷了。總之家裡後來就有了一隻大黃。

暑假時，大黃是我最親密的伴侶，我幾乎天天帶牠到潭水去游泳，總跟牠比賽誰先游到對岸。四十多年前的潭水真是綠得深不見底，我們一黃一白是綠波裡唯一加添的顏色。

風雨的夜晚，在屋子裡可以聽得見一首接一首的天然交響曲。清風細雨時，婆娑叮咚的水漣子，頻頻親吻著左閃右躲羞答的竹葉們，喧嚷出情歌的行板。最怕是颱風夜的驟雨狂風，竹林子已經互相推擠揪纏不清了，還加上一陣緊似一陣的雨水推波助瀾，真沒有再比那時更盼望雨過天青的急迫心情了。

但是潭邊多的還是靜得連蟲鳴都讓人心驚的靜夜。躺在靠窗的床上，望著窗外漆黑的夜，聽著竹葉竊竊的私語，恍然間屋瓦牆沿都悄然隱退，自己與天地就要融為一體。久久的，時間就這樣停頓了，直到響起晨間第一聲雞啼。

養雞是父親打發時間的一份副業，那麼大的一片竹林子，不養點東西來陪伴就太顯空寂了。那些雞成天到晚見不到蹤影，天黑了才倦遊歸來。偶而朋友來，殺隻雞待客，總要特別誇口，是道道地地在土地裡竄生長大的土雞。再到竹林挖幾顆新鮮的嫩筍，一道鮮美的筍燜雞，比台北任何一家餐廳的雞肉都要可口多了。

慢慢的知道這潭邊小屋的朋友多起來了，跋涉長途來訪的朋友也多了。潭邊清淡的歲月喧鬧了起來。游泳划船、登山踏青、垂釣打盹……那真是神仙般的一段歲月。遇到斜風細雨的夜晚，拉開飯桌，拆去桌上的雜物，擺上紅中白板。風雨寧靜的夜裡，燈下是一顆顆年輕愉悅的心，在嘩嘩牌聲中把潭邊寂靜的歲月推向了另一個黎明。

一生裡停駐的城鎮無數，潭邊小屋所屬的小鎮稱得上是最小也最不起眼的。如今連它的地址都記不清了。那時似乎並不需要地址，所有的信都會寄到台北的學校，又還沒有女朋友，當然也就不會有什麼重要的信了。

就那麼一個不起眼的小地方，但它卻是我一生裡牢牢盤踞記憶一角，從不被歲月淡化的一個最鮮明的地帶。

路友

晨間走路多年，認識了許多路上的朋友。第一位是位八十三歲的老先生。他每天絕早杵著拐杖頂著微駝的背緩慢地走著。遇著迎面而來的我們，他總會停下來跟我們閒聊幾句。其中一定少不了那句：「我今年已經八十三歲了。」我們也一定回他一句：「您精神真好，看著好年輕啊！」聲音一定要提高八度，他聽清楚了才笑呵呵地帶著滿足的面容，拐杖把地面敲得咚咚響地走開去了。天氣太冷的日子，路上就見不到他，颳風下雪當然更沒有他的蹤影，不免會想念起他那特大的嗓音和那咚咚的拐杖觸地聲，把嚴寒沉靜的冬日增添一份清亮的樂音。

忽然有好幾天沒有看到他。再見到他時，他告訴我們前幾天感冒了，或是出門渡假了。然後沒注意的不知從那天開始就再也沒有看到他了，好像日月星辰運轉般的自然，我們從路友的名冊上劃除了他。我們告訴自己他出門渡假了，而且是去渡長長的假。

第二位遇見的路友，也是位年齡將近八十的老先生。這位先生高大挺直，精神抖擻，每天早晨帶著耳機，耳機邊連著下巴一圈弧形的白鬍子，在晨間清涼的空氣裡隨著他慢跑的腳步飄蕩著。看見我們總是舉起右手算是說聲早安。冬日裡他嘴裡呼出的白氣，透過白鬍鬚蒸發出一股暖流，讓我們都覺得寒流不再那麼冷冽。有時走幾條街再碰到他，只見滿面紅光輕喘著氣的他，額頭上流動著粒粒的汗水。

幾年的時間，他由跑步變成了快走，再由快走變成跟我們一樣的平常步。這時他偶而會停步取下耳機，跟我們聊句天氣不錯什麼的家常話，我們才看真切他臉上如摺裙般層疊的皺紋，透著歲月增添的智慧與成熟，散發出一股歷盡滄桑的親切，照得人忍不住想要多跟他聊幾句，探一探他生命裡五顏六色的道路。當然那只是我們一廂情願的想法。沒多久他也從我們路友的名冊中消失了。

第三位路友是一位替人家遛狗的老先生。他六十多歲退休在家，專門替那些上班族沒時間遛狗的人家，牽狗出門溜達散步。他每天要遛三四家的狗，從天朦朦亮到日上三竿。每家狗的數目不同，有兩隻的，有三隻的，最多是四隻。看他腰桿挺直，背脊森然，一幅馴獸師的派頭。他手裡的繩子稍稍牽動，每一隻狗都像上了發條般隨著繩子的指示而行走，而停住，而蹲坐。我們真羨慕他這種既賺錢又鍛鍊了身體的好行業。他告訴我們他從小愛狗，可惜家裡沒有讓他養狗的餘錢，如今總算實現了自己多年的願望，每天有那麼多狗為伴，很是心滿意足了。想著愛狗的他能為那些整天關在屋子裡的狗提供一個出外活動的機會，那要比賺錢更讓他高興吧。

一位騎腳踏車晨運的老太太後來也成了我們的路友。她總把車停在每條街的路口，然後用小跑步把整條街每家的報紙從草坪上拾到每家人的大門口，那都是她以前送報的老主顧。以前她送報從來都是「送到門口」的服務，不像現在的送報人開著車報紙隨手丟在草坪上。退休了的她還要讓她的老主顧能開門見報。尤其冬日在暖氣烘烤的熱被窩裡驟然碰觸冷風冰雨，雖是幾步的距離，怕也是不好受的。

看到我們她總把手扶車停在我們面前，跟我們談她的老主顧，談日出，談飛鳥，還有她看到的松鼠和小兔子。一天的運動與活力，就在她滿臉的笑容中拉開了序幕。

陸陸續續還碰到過許多稱不上「友」的路人，男女老少形形色色。不管是路友還是路人，在每日清晨幾乎空曠無人的路邊相遇，總是一種緣份。照我們中國人百年修得同船渡的說法，我們都是多麼有緣的人啊！所以我們非常珍惜這份迎著一天的開始，走進生活中的第一批路友和路人。

遛狗

每天早晨都要遛狗，已經是多少年的習慣了。女兒當初把小黃送給得了心臟病的爸爸，就是希望爸爸在病後能有適當的運動。不過當初是小黃遛我們，後來才漸漸是我們遛小黃。

小黃剛來的時候才六個月大，女兒說從牠厚實的梅花腳掌就能看出將來大獵狗的風範。牠厚實的腳掌在薄霧的清晨發揮騰雲駕霧的威力，輪流把我和先生拖得上氣不接下氣的。看到的人都笑著說：「是狗在遛你們啊！」多的是同情，有的怕也帶著點諷刺。尤其是我這瘦弱矮小的婦人家在跟牠這麼個小傢伙作拉鋸戰，看著多少有些滑稽的樣子。

小黃倒有牠自己的滑稽像，從到我們家的第一分鐘就展露出來了。牠在後院認識了那吃飯的傢伙，一口叼起飯缽用那無辜的眼神像是跟我們訴說牠的飢餓生涯。後來想想牠這隻獵狗，以為飯缽是牠的獵物吧不肯輕易鬆口。來訪的朋友都大聲抗議，怎麼能這樣餓著這麼隻可愛的小狗；只好讓朋友去餵飽牠，最後朋友樹了白旗笑著說：「牠原來天生這麼個乞丐的滑稽樣子，看來是永遠吃不飽的了。」

在牠溜我們的年代，小黃確實有過一段威風八面的光榮史。那時牠已具有一頭發育完全筋骨嶙峋的獵犬模樣，輕鬆地拽著我們過五關斬六將——高飛的鳥兒、過街的松鼠、游水的鴨子、草邊的兔子、鄰家的貓兒、甚至和牠同宗的大小狗兒，都被牠一個照面和一聲問安就慱慱然各自遠遠藏身不再露臉。過路的陌生人，都會笑著誇一句：「Nice Dog。」最怕是熱心過頭的人，非要摸摸牠的腦袋，碰碰牠的鼻子，那我們即使用盡全身的力氣，也拽不住小黃那在別人誇獎下，毫不自謙的沾沾自喜，又跳又舞又舔又騁的恨不得把人家揉成肉球給牠做滾球玩。

小黃這種逢人歡欣玩樂的好興致，常常被牠那龐大的軀體奪去了許多好機會。有一次迎面碰到個上早學的中學女生，跟小黃遠遠的才一個照面，回頭大叫著撒腿就跑，小黃飛毛腿地狂追著要去一親芳澤，我跟先生追得差點斷了腿：「不要怕，牠只想跟你玩，牠不會咬人的。」

有時想如果像那部電影一樣，能把東西隨意放大縮小，讓小黃變成嬌小的吉娃娃，牠不也就能偶爾享受一下讓人摟抱親昵的滋味了嗎。除了愛追著跟人玩，小黃也喜歡追那飛馳的車輛。空蕩的清晨偶爾遠遠一輛車來，不管別人對牠多麼視若無睹，牠卻一定上演全套的熱情迎接與惆悵送別。如果那車上竟然也有一隻狗，彼此之間這才互唱起相見恨晚的情歌，小黃窮追不捨地唱出萬丈豪情，把整條街吵得沸沸揚揚熱鬧了起來。牠這種好客的習性在家裡當然更是禮貌週到。到後院剪草的人是生是熟，牠一律熱情接待，又舔又跳的從不出惡聲。我們常想像著牠歡送偷兒的模樣，那欣喜若狂的行動，實在會讓人誤會是「下次再來。」的請帖。批評牠不會看家時，先生立刻替牠辯解：「你不看牠只要籬笆外有一點動靜，叫得那種大聲，有時還得給牠戴口罩嗎？」小黃的敵人和朋友只是門裡門外的分別，進得門裡的偷兒也是朋友了。

夏天時小黃是我們在湖濱運動的守護神。暗矇的天空還貼著些閃爍的晨星，牠總安靜的蹲躺在離我們丈把外的草地上，看我們做體操、打太極拳，偶爾倦了才抬眼望望天上的星兒，直到星星悄然引退天色微亮時，牠才放心的到湖裡戲水遊玩。

漸漸的不再是牠遛我們，而是我們有了主導權。除非遇到偶發的事件，譬如一隻飄然落地的飛鳥、一隻突然走訪的松鼠，牠才會重振雄風的窮追猛打，顯示給我們看牠還保有祖先遺留的本能；而多半時候牠是乖順得有些讓人心痛的。先生到健身房去運動後，牠更是我晨走唯一的伴侶了。牠總是十分溫順的讓我牽著走，多半是開路先鋒走在我的前面，偶爾會突然掉過頭到我身邊磨蹭兩下，像是告訴我雖然天才矇矇亮，但是不要害怕有牠陪著我呢。牠又是我的定時鐘，到時總迎著鑲了金邊的雲彩來提醒我該是回家的時候了。

在小黃風光的年代裡，要說有什麼遺憾的話，那就是在我們這從不出獵的家庭，牠是平陽的落虎，無從發展牠獵狗的本領。僅有兩次牠小施身手，卻只換來我們的責罵並沒有獎賞，想起來倒真委屈牠了。一次是夏日裡在湖濱咬死了隻鴨子，我的大聲斥責換來過路的美國老太太連聲的求情：「牠是隻獵狗，這是牠的本能，請不要再責罵牠了。」另一次是在秋天的野地裡叼了隻兔子，在先生大聲的吆喝下牠驚慌的放下了到口的獵物。是覺得牠的成績沒換來該有的獎勵吧，小黃漸漸的就不再那麼勤奮邀功了。

在春秋日月的轉換間，小黃由一個桀拗不遜的青少年轉變成一隻純良溫馴的大老黃。即使在春光明媚的早晨，牠也走得懶懶散散的，好像我們餓了牠很久似的。牠雖然照樣咬著碗缽，對缽裡的狗食卻常常是看一眼就走開的時候多，要過很久才回頭來想起什麼似的一口氣吃完。我們開始擔心牠是不是有了初期的老年失憶症，連牠的口糧都不認得了。更難讓人相信的，牠似乎連獵狗的本能也漸漸消失了。牠的狗缽邊常常飛來些不同的鳥雀，牠躺在地上斜眼看著牠們分食牠的狗糧與飲水，連頭都懶得抬一下。有一次後院樹上兩隻嘰喳大聲撲打的鳥兒，把牠嚇得躲在狗屋裡只敢伸出半個頭，用那無辜的眼神望向鳥兒祈求著：「你們別吵了，行不行？」也不過才兩年前，牠還那麼威風凜凜的跳了半顆樹高的去追一隻狡猾的松鼠，把牽著牠的我結結實實摔倒在地上，很久爬不起來。

以狗活一年是人的七年算，這才驚覺小黃已是七十高齡的老狗了。先生說陪我們走過這些悲歡歲月的老狗，該有些特別的優待。就把我們碗裡的肉仔細挑選些出來，在肉拌狗食的歲月裡，小黃才又恢復了一些當年的乞兒本色。也遵照獸醫的囑咐，在牠的食物裡放一顆我們用的關節藥丸，給退化的關節一些活力的支柱。

小黃來我們家的時候，我們已是人生的中年，總想拖長點中年的尾巴，遲遲不願邁上老年的列車。是小黃的生龍活虎陪伴我們走過了那一段尷尬的歲月，最終與牠一起跨上老年的旅程。

孩子離家後是小黃替我們營造了一份家庭該有的熱鬧與溫暖，而我們除了給牠添加一點食物裡肉的鮮美，和一顆治關節炎的藥丸，不知道還有些什麼能讓牠的老年過得舒適些。

牽著牠走在清晨的涼風裡，我輕拍牠的頭，望著牠親和的眼神，慵倦的身軀，不知牠聽懂了沒有我一次又一次的問詢。牠頻頻抬頭張望的眼神，像是在告訴我：「我很好，真的，別為我煩心，還是好好照顧你自己吧！」

淡然的秋日

對「秋」第一次有點認識是讀那句秋瑾女士的絕命詩「秋風秋雨愁煞人」，它啟開了我通向秋之肅殺的大門，走上少年不識愁滋味，為賦新詞強說愁的浪漫旅途。

少年浪漫之旅步匆匆走過幾度春夏與秋冬，這才知道秋的愁滋味不是那麼容易說得清楚的，就像春夏秋冬的散步，不是那麼容易就能挑出秋天的那一段來看個清楚。等你看到葉子變黃轉紅，聽到雁兒劃過長空，那已是秋的中年甚或是秋的尾聲了，就是少了那點一葉知秋的領悟。

小城度過二十幾年的秋日，沒有壯觀的紅葉，卻有壯烈的雁群。起先是零落的幾隻點綴在晴藍的天空，不仔細看就錯過了它們的風景。總要到深秋或初冬，才成群結隊的遮天蔽日盤湖佔水，鬧得人頭昏眼花應接不暇。有一年秋末的黃昏開車從外地歸來，壯觀的雁兒一波接一波的像無數條長龍翻騰在天際，把美好的落日都切割得零零碎碎的，增添些許秋日的壯麗與無奈。

以前寫文章總喜歡把秋天比做離別的季節，好像那樣才能更增加離別的傷痛。其實秋天是淡淡的季節；天高氣遠，雲淡風清，連氣溫都是不冷不熱，穿衣服也是可春可夏，頂多加個小背心吧，一份瀟灑，一份趁心，是秋日的淡然凝聚出這份隨意的舒適。像窩在黃昏的沙發上，就著昏暈的燈光輕揉著一隻慵懶的貓兒，那是秋的一份最落實的寫照。

對秋最早的記憶要追溯到那年還在當老師的時候，跟英梅兩個人利用一個秋日的週末到獅頭山去郊遊。老馬識途的她帶著我這新鮮人，爬了一天的山路，晚上住進山上的寺廟裡。山上的風光如今完全不復記憶，只有半夜裡沙沙吹到天明的風聲，到現在偶爾還迴響在腦海裡。那夜睡不穩搖醒英梅問她外面是不是下雨了，她一句「傻瓜，是風吹竹葉啦！」轉頭又落入了夢鄉。留下我第一次獨自體味了秋風秋雨愁煞人的滋味。

第二次是帶著兩個孩子到溪頭的秋季旅遊。讀幼稚園和小學一年級的兩個孩子興奮得一早從旅館出來，我跟著他們蹦著跳著撞進了一座竹林裡。沒見過那麼高那麼直的竹子，把兩個小不點襯得像兩隻爬行的小螞蟻，我自己也不過是隻螞蟻裡的雄兵，千呼萬喚的怕在那龐大的竹林裡迷失了那兩隻小螻蟻。直到陽光篩過竹葉，細碎的灑落在他們身上，這才從迷漫的秋林裡撿回了一份真實。

最近經歷的一次秋的風景是去年路過一位住在維州的朋友的朋友家。這位輾轉的朋友家坐落在一座樹林裡，那天晚上車子開過重重看不到盡頭的樹林，正想著別要開到明天早晨吧，一拐彎那座房子正在燈火闌珊處。

第二天絕早，我被唧唧的蟲聲吵醒，奇怪著這大林子裡竟然沒有一聲鳥鳴。拉開窗簾一看，都是筆直的聳天高木，沒有給鳥兒做窩的繁枝茂葉啊！遠遠的地面橫躺著好些倒下來的樹幹。吃早餐的時候，主人說樹林太茂密，陽光下不來，砍了四百多顆樹，地面才有了點光影。早餐開在主人特別加蓋的玻璃花房裡，主人說這樣才能吸收四面八方的光線，給沿著玻璃牆周栽種的各種花卉添加點營養。飯後我到屋子四週走走，安靜的秋日早晨，連蟲兒也沒有了聲息，那種秋高氣爽的寧靜與茫然，使我漫步的腳印在沉重與輕快間交織著一份歡快與些許悲涼。

秋日的漫步是一本讀不透的書，翻著翻著，就迷失在它的字裡行間找不著出口。儘管是雲淡風輕，卻總在不經意間給你一份驚喜——一樹紅葉、一片黃花、一框藍天、一攬白雲、一簇歸雁，和那秋日裡特有的一份心情。散步的腳印是漫渙淡然的，風景是變化多樣的。

漫漫繾綣

她轉到這所學校，因為年齡的關係插班五年級，算是她正式學校教育的開始。五年級以前的學歷是防空洞的嘈雜與警報聲的組合；那時待在防空洞的時間加起來怕要比坐在課桌椅上的時間多。

後來她喜歡上班上當班長的那個男學生。起先她也不知道那就是喜歡，只知道自己的目光老要隨著他的身影轉動著，她覺得他那抿成一條線的唇與尖尖的鼻樑特別好看，她尤其喜歡聽老師進教室時他那聲清亮的「起立！敬禮！坐下！」，連他舉手敬禮的姿勢也比其他的男同學更挺拔。

她知道他不會注意到她的，這樣一個什麼功課都後人一截，長的又矮小又不起眼的，坐在角落的小女生；她相信他根本不知道班上來了她這麼個新插班生。但是那有什麼關係呢，她只要每天能看一眼他高挺的身影，聽一聲他清亮的嗓音，她這一天的日子就能過得快樂而滿足。

六年級的時候他隨著家人轉學離開了，她的快樂突然失去了支架，像天空飛翔的雲雀猝然墜落。在那種男生女生比陌生人還陌生的時代，她不知道他的名字是天經地義的，只知道老師常叫他李同學。

十年歲月的消長，她漸漸成長了；偶爾會想起他來，卻模擬不出他長大的樣子，直到那天她走進那間新工作的辦公室，參加新學期第一個朝會。

校長介紹她這位新老師的時候，她站起來，一眼看到那個一直在記憶中的小班長，像吃了菠菜罐頭的大力水手般，突然變得高大健壯坐在辦公室的那一端。

辦公室很長，她卻清楚的看到他側坐的身形上，那張緊抿的唇線與單薄的鼻樑，原來長高長大了的他是這樣子的。

他是六年級升學班炙手可熱的導師，坐在辦公室的最前端；她是剛調來教一年級的孩子王，辦公桌在大廳尾端的門房處。

除了朝會夕會的遠遠相望，他們像十年前一樣沒有交流的管道。他並沒有注意到學校來了她這個新老師，就像十年前不知道班上有她這個轉學生一樣吧。

後來聽到人家叫他李老師，她倒又有些不敢確定了。天下姓李的人那麼多，會不會是自己多年來的移情作用換來了他的替身呢？

不管怎麼說她又尋回了十年前，每天只要看到他一眼就能快樂一天的幸福日子，她覺得自己又是隻高飛的雲雀，在下午班沒課的時候，她會一個人在教室裡彈奏著風琴，小聲的唱出一些幼稚的情懷，像她班上的學生一樣，天真而爛漫。

那天像每一個平常的早晨一樣，她下了公路局的車走向小鎮的學校。一個她班上的女學生跑著來要跟她道早安，被一輛奔馳而來的三輪車迎面撞上。她蹲在地上抱起失去知覺的孩子，一副天塌下來似的惶恐與無助的樣子。

李老師高大的身影撥開眾人，接過孩子奔向小鎮最近的醫院。

她一直記得他說過的簡短的幾句話：「孩子已經醒過來了，沒有傷到，只是嚇著了，休息一會兒就可以帶她回學校上課了。」然後一瞥關懷的眼光：「妳自己沒事吧？」她覺得是自己聽過的最動人的情話。

風平浪靜的日子把生活又帶入了常軌，他們之間再沒有連線的機遇。歲月的軌跡終於走出了分叉，他像隻斷線的風箏，漸漸飛出了她的世界。

又是十年歲月的流轉，她的生活裡有了新添的事事物物，有了記憶的來來去去，而他總在事物來去之間的某個空隙處，有極短暫而明亮的閃現。

她有時不免有些懊惱，到底沒弄明白他是不是當年的那個小班長。

吩咐東風莫亂吹

道別總是多少有些讓人傷感的。再浪漫的道別都帶著點悽愴，跟麗江最後一次的道別在悽愴裡更添了無限悲涼。

麗江、樹敏和我在大學裡算得上是班上的三劍客。我因為讀師範教了四年小學再考大學的，她們倆也因為不同的原因而耽誤了上大學的時間，很自然的我們三個班上年長的就走得近些。

麗江在音樂和繪畫方面都很有天份，她說若不是父親一再勸阻，早就去投考藝術系了。學校的大禮堂有一架舊鋼琴，有時兩節課之間隔了好幾個小時，我們三人就到那禮堂去。樹敏是安靜的聽眾，我有讀師範時學來的基本風琴手法，最精彩的是麗江的女高音。在她清越亮麗的「紅薔薇」、「小黃鸝鳥」、「偶然」「玫瑰三願」……等的歌聲裡，把沉寂無聊等待上課的時間，變得活潑生動了，給我們的大學生活也增添了許多聲光彩色。我最喜歡她唱的「紅薔薇」，歌詞清麗動人，歌曲高昂裡透著悲涼。麗江唱得更是迴腸蕩氣。

紅薔薇呀紅薔薇，夜來園中開幾蕊，有在枝頭照在水，吩咐東風莫亂吹。
紅薔薇呀紅薔薇，早來園中多露水，枝枝葉葉盡含淚，問你傷心是為誰。

紅薔薇一生的艷麗和幽怨，都在麗江那高低抑揚控制得宜的歌聲裡，表達得淋漓盡致。她生病的那段時間，我腦海裡總迴旋起她唱那句「吩咐東風莫亂吹」的歌詞時，淒清高昂的聲調裡，攙和著那份渴望訴求的風采。

三人中，麗江讀書最用心。她每天從桃園坐火車來台北上課，火車上是她背英文單字的時間。我們讀的系沒有英文課，但是她說英文一定要學的，將來用得著的時候多。後來畢業她到台灣銀行做事，果然成為台銀組團到非洲訪問的英文首席翻譯人員。做事後她開始學瑜珈，要我和樹敏都去學。我和樹敏三天曬網兩天捕魚的，只有她天天風雨無阻，最後做了台銀的瑜珈班主任。幾十年瑜珈練下來，從後面看她的身段就是十幾歲的少女模樣。接近六十歲的她，到醫院做身體普查，醫生驚訝的說她的骨齡才只是三十多歲的女人。

來美國後我家住在德州西北的小城，很多台灣的朋友，都被從洛杉磯還要轉三次飛機的折騰，嚇得不敢有第二次的造訪。麗江是唯一前後四次來我家作客的，有一次甚至專程替得心臟病的先生送偏方來。她說退休後要來我家長住一段時間，她喜歡小城的安靜清寧。

麗江退休半年，才剛安排好來我家的日期，卻得了沒有藥物可治的絕症。最開始是跟麗江講電話時，隱隱然覺得她有些大舌頭般的，但是她本來說話就慢條斯理，我也並沒特別當回事。她自己說是得過帶狀泡疹沒有及時用藥的後遺症。我一向知道麗江因為仗著有瑜珈的萬靈符，覺得自己是百病不侵，百毒不入的金剛身，所以從來小病小痛，都是絕不輕易吃藥。

然而這一次麗江得的是「冰凍人」。她先生有一次打電話告訴我，醫生都下了診斷，只是還不讓麗江知道。

我從沒聽過這種病，問了學藥劑的女兒，對這不知道病因，沒有藥物可治，僅有兩年到三年可活的絕症，才有了初步的認識。

美國早年有個名叫「Lou Gehrig」紅極一時的棒球明星，三十多歲就得了這個毛病，得病兩年多就過世了。後來就用他的名字作為病名：「Lou Gehrig's Disease」，中文正式的學名是「運動神經原病變」。

這病先是說話緩慢，行動遲鈍，漸漸的不能發音，不能吞嚥，不能舉手抬腳，不能走路的就成了冰凍人；中文也有叫「漸凍人」的。麗江因為堅強的求生意志和她原有的恆心毅力，加上幾十年瑜珈打下的基礎，到了末期，她還能躺在病床上用手作畫。

那年的十一月我回台灣去看她。十一月在台灣感覺才剛是秋天的開始，路邊沒有落葉，空氣裡剛有一絲舒適的涼意。內湖的天空那天顯得份外藍麗，醫院外面車水馬龍，人來人往充滿了鬧嚷的活力。

病床上的麗江插了喉管鼻管，嘴角流淌著一絲血跡；看到我眼淚從眼角洶湧而出。吩咐莫亂吹的東風，這次終究沒聽吩咐，狂吹亂舞的吹倒了堅強的麗江。

坐在床邊安撫了她，她開始給我看她在醫院的畫作。她的先生和孩子們，特別安排她住那間可以從窗子望到她家的病床，她畫了好幾張座落在田地水塘外的那棟白牆灰瓦的房子，畫上都寫一個大大的「家」字。把她那有家歸不得的思念，都畫進這幾棟角度不同，卻風景一致的「家」裡去。

我最喜歡的是一張風景畫。江邊高樓聳立，江面小帆點點，幾隻鷗鳥在黃昏的高空曼舞。高樓襯出江面的遼闊，鷗鳥舞出黃昏的悽涼，那幾艘隱隱的帆船雖然沒有風的鼓動，卻吹起我心深處一股莫名的淒寒。

麗江吃力的在畫的一角寫上送給我，然後簽上她的名字。

我捲起畫跟麗江做了最後一次的道別。她是第二年的三月過世的。

如今我總不大願意再聽「紅薔薇」那首我最喜歡的歌了，不想聽那句「吩咐東風莫亂吹」，更不忍聽那最後一句「問你傷心是為誰」。

淒淒街頭，落落巷尾

經常哼唱那首「月兒彎彎照九州」的歌，唱到那句「幾家高樓飲美酒，幾家啊流落在街頭」時，那「街頭」兩個音總像滴進眼簾的兩滴催淚水，在攙和著淚聲的顫抖中把歌詞劃上句點。那即使是個燈火輝然的街頭，怕也只能燭照出一片淒涼，對應著高樓裡的觥錯杯影。

童年時躲完警報，被母親一路拖跑著回到家門，母親喘著氣為我們完好的屋瓦感謝天地。不遠處就是跺腳伏地在倒塌的瓦礫前，呼天搶地號淘大哭的人群，那哭聲震動著破瓦殘磚，把硝煙的餘波再次掀起，浮蕩在空氣裡。我小小的心靈裡想著那些躺在血泊裡的肢體，他們不再會哭叫，連家的廢墟也看不到一眼了。

那淒淒街頭的深長回憶，使我後來對聲光燦爛的台北街頭，產生一種虛幻朦朧而不真實的感覺。直到有次深夜的街頭獨行，才讓我又一次體驗了那種悲涼淒然的感受。

那次在中山堂看完表演，出到外面，所有的公車都停駛了。窮得只能買兩張公車票的我，計程車是不敢夢想的，那時計程車也沒有今日的普遍，短距離的來往還是靠走路的多；就只有挑戰自己走一次長距離的夜路了。我花了一個半小時從中山堂走回撫順街的家，整個寂靜的台北街頭有被掏空了肺腑的空曠，沒有人影，沒有霓虹燈的照射，小街上連路燈都沒有。那種流落街頭的淒涼連帶著血肉模糊的畫面，連環圖般交錯在腦海裡輪流映現著。這些年看多了千變萬化的台北街頭，經過歲月的篩選，留存心底的卻只有這張深夜獨行的圖片。

到大陸旅遊經過大大小小的街頭，印象深刻的是上海一處連接兩條街頭的一條地下道：一對對以按摩為生的失明夫妻檔，排排坐吃果果般整齊的佔據著地下道的進出口。我從進口就躊躇著，快走到出口時終於向朋友提出想試試按摩的要求。家居上海的朋友早也有同樣的想法，只是怕我這外來客的不習慣而沒敢開口。於是找了兩對相鄰的夫妻，朋友談妥價錢他們就開始工作。做先生的站起把凳子讓給客人坐，很有默契的先生按摩頭頸太太負責腿腳。做太太的話比較多，她說每天能掙多少錢，生活還可以過得去。太陽下山了他們就把凳子搬上街頭，熱鬧的人聲話語和店裡的音樂廣告等等，讓他們的工作就不會那麼單調枯燥。那時下班路過的人有很多想鬆弛一下身心的，還排著隊等按摩呢。

先生也有過屬於童年難忘的街頭景像，是一九四九年他十歲左右。家居上海的他常常跟母親步行到滬西的姑姑家去，經過的一個街頭常坐著個中年俄國人，看得出是個沒落的白俄貴族。他每天獨坐街頭一角，用他那透著點蒼涼外國腔的中國話做開場白：「快來買有效的燙傷藥水啊。」等人圍多了些他就劃根火柴燒炙著他高舉的左手食指，總要燃完一根火柴，才把那發黑發抖的食指浸泡在面前的藥水裡，有一分多鐘吧，他舉起手指大聲說：「你們看啦，沒有起一個水泡呀！」十歲的先生捏著自己隱隱發痛的手指，拉著母親走開去。耳邊傳來那人另一聲召喚：「小孩子有癩痢頭也可以擦的。」我很關心有沒有人買他的藥水，先生說看的人多買的人少，但那隻抽抖的手指總時時攪動先生記憶的網膜，勾畫出深印腦海不能磨滅的刻痕。

巷子沒有街道的寬敞，光線也沒有街頭的明亮。但是沒有巷子的狹窄與陰暗就顯不出街道的寬敞與明亮了。而生命裡許多不為人知的隱密故事，卻都在巷子裡成就了它的一片天地。

那年我與童年好友愛光的道別，就是在一條巷子裡，也是在那條巷子裡我灑下了生命中第一次為離別掉落的淚水。

那天黃昏愛光來告訴我第二天一早，她就要跟叔叔出發回大陸的老家。他叔叔說黃埔島的半年居住，已讓他的風濕骨痛到無法忍耐的地步，再不願搬遷到我們要去的四面環海的台灣島了。愛光從小失去父母，她跟叔叔相依為命；她叔叔和我父親在同一個機關工作，半年前隨著工作機構的遷移，把我和愛光帶到這島上來。雖只半年的相處，我們因為年齡相當，又有著天涯淪落的相同背景，很快的就建立起一份童年最純真的友情。如今她叔叔因為健康的理由請准了告老還鄉的長假，我和愛光也就面對著一次生命裡最早認知的離別。十歲多的我抱著兩歲的小弟送愛光到祠堂外的巷子裡。想著就要失去在這島上除了家人之外最親密的朋友，想著再沒有人會到我們暫時借住的祠堂來跟我溫習功課，想著全校說廣東話的師生裡沒有了這個唯一跟我說國語的朋友，而闃暗的巷子那頭是愛光頻頻回頭卻越走越遠越小的身影。我忽然好想再叫一聲「愛光」，但又不知道還要跟她說些什麼。靠著祠堂的牆壁，抱著小弟，我就這樣放聲嗚嗚的哭了起來。早就知道愛光要回老家的事，但是在孩子的時間世界裡那是多麼久遠以後的事啊！這長長的巷子把久遠的離別一下子拉到了面前，巷頭巷尾就這樣隔離了兩顆稚嫩的童心。

到大陸的故宮去旅遊，五千年豐沛文化蘊育出太多的文明古蹟，看得我眼花繚亂。出了故宮大門走向邊道，一片綿長的紅牆迤邐出一條壯闊的巷道，使我一時間眼界開闊心曠神怡起來。這巷道雖比許多街道都要氣勢輝煌，到底也只是配角的邊道，圍牆裡才是主角上下的舞台。我有些失神的駐立巷頭，隱隱然似聽見得得的馬蹄聲，步著唐宋元明的瀟瀟步履，帶著詩詞歌賦的飄飄衣袂，從長巷那頭奔馳而來，塵埃瀰漫間漸漸如一縷暗影消失在巷尾，還長巷以落落恆久的空寂。

淒淒街頭，落落巷尾。驀然回首，這些街頭巷尾上演的一幅幅風景畫片，串連起一段段生命的旅程，成就了生活中一些刻骨銘心的回憶。

周醫生的農場

周醫生是小城的腫瘤科醫生，她先生是眼科醫生，兩個高收入的醫生把多餘的錢在小城買了一個從城中心開車三十分鐘在小城邊緣的農場。不看病人的週末假日，周醫生總是到農場去和她的小動物談談心事訴訴衷腸。然後用那雙平日聽診開藥方的手，去挖土刨根，拔草除蟲，讓她的玉米、花生、西瓜、葡萄、紅棗與枇杷長得又大又甜美。她說農事把她的雙手弄得斑斑點點，但是讓她的心靈特別沉靜明亮。她的農場都是有機植物，絕不用任何農藥和化學肥料。

農場裡除了地上種的蔬果，還養了許多平日都市裡難得看到的動物，像羚羊、白毛豬、孔雀等等。有些養的肥壯健實，像那頭高大漂亮的乳牛，每天新鮮的牛奶喝不完，我們這些偶爾去玩的朋友都嚐過鮮。也有因為甚麼原因養不好的，她不常去農場的先生就會說：「一件事不要弄太多頭緒，還是專心種有機植物就好了。」但是我們這些朋友們去農場，除了看那碩大無比的仙人掌，吃甜蜜的西瓜和香瓜之外，還真正喜愛逗弄那些漂亮的小兔子，撫摸那溫馴的羚羊。那一群美麗展翅的孔雀當然是大家聚光的焦點，樹上蹲的地上走的，打開那漂亮羽扇賣弄地咯咯叫著的，把農場渲染得有聲有色，活潑而生動。

每次去農場，在田隴間邁步，看地裡冒出欣欣向榮的生命。在草原上奔走，跟孔雀羚羊比賽跑。加上湛藍的天空，清爽的氣流，總像是在原野裡度過了一個露營的假期，身心得到了一次自然的滋潤。

農場有一棟上百年的老房子，周醫生開玩笑的說這房子以後可是小城最大的古董。完全木造的結構，走在地板上聽得到歲月聲聲的嘆息。那麼一座站立在小城邊緣，隱藏在漫天樹林裡的老屋，本身就帶有一分傳奇。後來住進了一對年輕的情侶，那是周醫生的女兒和她的男朋友。周醫生說他們不是學農的，但是跟她一樣對農事有著與生俱來的喜好。「難得啊，現在的年輕人大學剛畢業，能拋開都市的享樂，窩在這荒遠的農場。」周醫生說。

第二年他們在老屋裡結了婚。婚禮除了家人沒有請任何賓客。廣大的農場是他們的禮堂，孔雀羚羊是他們的伴郎和伴娘，那麼多動物果樹是他們的賀客，算得上是莊嚴隆重的婚禮了。

我並沒有見過他們，但他們與農場在我的腦海裡營造了一幅幅動人的畫面：藍天白雲秋雁春花，冬雪夏草，看不盡的莊園村景。他們也該是忙碌的，春天播種，夏天耕耘，秋天收穫。冬天嘛，農場的收益應該足夠他們去度長假了吧。

他們是我想像裡童話世界的主人。

農場有了新主人，我們就不像以前那樣經常去拜訪。後來我自己又忙著搬家，想去也沒有時間了。

直到我搬離小城竟然沒有跟農場去道別。一年後周醫生夫婦到我們的新居來作客，說起女兒女婿要離開農場到芝加哥去繼續攻讀博士了。

一時間我內心裡有一份若有所失的感覺，隨著黃昏的來臨隱然升起。

周醫生夫婦的汽車開動了，隨著那尾燈的遠去，腦海裡那張美麗的童話世界，漸行漸遠的走出了我的視線。

我安慰自己好在周醫生的農場還在小城存在著，周醫生這原來的主人一定更會細心照顧的。可惜我們搬離了小城，不能再去農場享受那些自然的風情，才是真正的遺憾啊。

烏龜的世界

去年夏天後院來了一隻比剛孵出來的小鴨子大不了多少的小烏龜。這隻不知從那裡鑽出來的小東西，有著黃黑斑紋的硬殼，猛一看像塊精心調色的版畫。小腦袋常伸出版畫的門戶，謹慎地東張西望，觸探這新奇的世界。

我找了個大號的塑膠盆，放了清水和蔬菜，細心款待這位不速之客。牠似乎並不領情我這樣的對待，整天把塑膠盆當水池，沒日沒夜在裡面唱著滑水之歌。按照先生的指示加添了肉和湯，牠也只是淺嚐即止。先生說：「你擔心什麼，烏龜本來就吃得少；牠是要你還牠自由身，那小盆子怎能跟湖水和河流成比例。」

還牠自由身真的就不見了蹤影。迷路的孩子找回了家，我也放下了一樁心事。

今年剛入夏這小東西像幽靈一般又出現在後院。我家新養了隻半歲的小狗，對著牠又愛又怕的叫一聲跑老遠，再回去叫，再跑開。這小狗一叫一跑，烏龜一伸頭一縮頸的，讓我看得忘了時間。

忽然有一天小狗把烏龜當作玩具皮球，咬破了牠的殼，撕裂了牠的肉。我一邊怨怪先生給了我狗龜共存的不正確信息，一邊替年輕的烏龜辦理了後事。

出門一個多月，替我們拿信的朋友，他的岳父每個週末去釣魚。一天他釣到兩隻大烏龜，成了我家後院的兩個新貴。朋友家住公寓，不然哪輪得到我們家的後院呢。想到第一個烏龜的遭遇，心裡不免有些顧慮，先生卻一再保證，說是這兩隻大烏龜，小狗沒有侵犯的能力。再說朋友也還真沒有合適的地方安置牠們。

小狗對著兩個新貴倒是十分禮遇，遠遠觀望的時候多，近距離吠叫的時候少。一隻龜甚至登堂入室，爬到小狗的窩邊，小狗饒有興味歪著腦袋，望著這位不請自來的訪客，好像說參觀是可以的，但不能雀巢鳩佔啊。先生說：「沒錯吧，告訴你龜狗可以共存的。」後院裡有兩隻烏龜，增添多少生趣。

新貴成了常客，小狗就不再對常客禮遇。烏龜的悲劇事件，再次搬上了後院的舞台。

那天清晨提著小桶，裡面放著僅存的烏龜，帶著朝聖的心情，我走向馬路對面的湖濱。把牠倒在湖邊水湄，牠縮頭停住似乎忘了游泳的本能。我用桶把牠推向水深處，這才認知了熟悉的環境；四肢劃開幾道優美的弧線，仰起頭跟我說再見，回歸到屬於牠自己的世界。

幸福的感覺

一直覺得自己跟幸福是沒有緣的人。戰亂的童年難得找到歡樂，剛有稍稍安定的生活時，母親就成了住醫院多過住家的病人；父親過了七十歲就得了老年失憶症；家裡最會唸書的小妹，在那麼青春的盛年，得了精神錯亂的毛病；成家後來到美國，經過一段艱苦的謀生路，先生連續發了三次心臟病；兒女的婚姻又各自有一段坎坷的旅程……常常深夜自問，幸福在哪裡？

教小學的時候，有一天好友秀姿跟我說：「我們倆的眼角都有顆小黑痣，人家說這是眼淚多的象徵，你想不想去把它拿掉？」誰喜歡在生命裡流那麼多淚水，我們倆結伴去做了手術。

生命的路途並沒有因為那顆消失的黑痣而改道，就像淚水不會因為一顆小痣的隱去而斷流。我跟秀姿走的路雖然有不同的起伏曲折，對前途的茫然若失卻是一樣的感覺。她常常跟我說的一句話是：「這有什麼值得高興的。」或是「他們怎麼那麼快樂，我就沒覺得有什麼好快樂的。」而我總跟她有同樣的感受，總覺得生活裡黯淡的背景，點不燃前途一盞明亮的燈。

到美國後她落腳加州，我遠在德州，但彼此生活裡的每一步腳印，都在頻繁的電話和偶爾的拜訪中，留給對方清晰的履痕。

漸漸的都老大不小了，不快樂的訴苦漸漸減少，過日子的認知日漸增多。

有一天我坐在面對後院的書桌前，一隻誤撞玻璃窗的小鳥「砰」的一聲，讓我抬起頭望向窗外。鄰居後院的高樹，枝葉繁茂的伸出手，越過小巷跟我們靠籬笆的野桑樹握手言歡，燦爛的陽光是它們最安靜的聽眾，藍天裡的雲朵兒穿來過去的，想探聽一點兒消息。

我拿起電話跟秀姿訴說內心突然湧起的歡樂。秀姿在那頭沉默了幾秒鐘才說：「是啊，走了那麼長的路。」她停頓了幾秒鐘：「現在我倒也覺得，生活沒什麼好挑剔的了。哎呀，不會再說那些前途無光的話了吧，過了作詩的年齡了。還是哪天到我家來看洛杉磯夜間的燈光吧……」她家座落在洛杉磯最高級的山頂區，從客廳的落地窗就能看到洛城燦爛輝煌的夜景，那燈光我不知看過多少次，卻從沒有像那天後院的陽光、白雲和樹葉，那麼簡單的美麗，帶給我極端豐富幸福的感受。

年華走過一定的路程，越走就越把心裡的一些彎曲理順了。像一條平常的小河，叮叮咚咚每天唱著快樂的歌謠，告訴你每天都是一個幸福的日子，不需刻意去尋找。

藥事

每天早晨起床第一件事，就是走進廚房拉開那扇「藥櫃」。一櫃的瓶瓶罐罐以半壁江山的聲勢與我的惺忪睡眼相對。大小不同的瓶罐各自內藏玄機，透過塑膠或玻璃的瓶壁向我爭道早安。我拿出一顆胃藥喝口水吞下，拉開了一天藥事的序幕。

從小不會吃藥，母親精心熬製的中藥，每次被迫捏著鼻子咕嚕下去，必定全數嘔出，連帶胃裡原本因生病而少得可憐的一點食物，連酸水都冒出來。母親只好嘀咕著把我帶到醫務所。藥丸也不那麼容易吞嚥，有時還得磨成粉，那味道絕不比中藥好，好在只是一口，像成仁的義士吞服毒藥般一口灌下。母親嘆口氣：「不會吃藥還要生病。」

母親算是會吃藥的，幫她熬的中藥我捂著鼻子端給她，她眉頭都不皺一下的一口喝完，還接著問一句：「倒乾淨了吧？」好像誰會偷留一口那麼難喝的東西。她四十幾歲開始吃高血壓的藥，一輩子沒有間斷過，藥倒是換了好多種不同的牌子。每換一種，她瞄一眼像老醫生般的說：「高血壓的藥同一種吃久了身體會產生抗體，要換一種才有效。」

母親的藥大部份是止痛的。什麼胃痛、牙痛、頭痛、風濕痛、痛風痛，然後還有止瀉和通便藥。母親除了高血壓沒有其他什麼大毛病，她的藥卻每次林林總總五六顆。有次住院，護士小姐少拿了顆藥，她數一數皺著眉說：「怎麼少了顆降壓藥？」年輕的護士小姐很不好意思地說：「陳奶奶，對不起啊！」後來母親有了失眠的毛病，藥丸裡又增添了一顆安眠藥。

小妹的藥事是我們家驚天動地的大事。

她到美國讀書的第二年得了精神異常症，從此她與藥事展開了一輩子的奮爭。她按時吃藥，總能控制病情，維持正常的生活起居。但她的病卻讓她常常跟藥玩捉迷藏的遊戲。吃吃停停，有時沒吃卻騙我們吃了。苦口婆心勸她吃藥時，起先她不置可否的笑笑，然後突然一聲大吼：「我又沒有病，幹嘛要吃藥？」像塊忽然墜落的大石頭，壓得全家人一時喘不過氣來。等回過神來，絞盡腦子也想不出除了那付老偏方——把藥丸壓成粉末偷放進她喝的水裡，或是攙進她飯菜湯羹裡——之外的任何新藥方。最後當然換來她更嚴厲的一句：「是誰要想毒死我？」和更多的杯盤碗筷墜地粉碎的嘩啦聲。最後終因沒有藥物控制而日益異常的乖舛言行，把家人逼迫到忍耐的極限，只好再次勞動已經造訪幾次的一一九工作人員把大聲吼叫掙扎的小妹幾乎是綁架的送去醫院。父母雙手捂臉不敢直視，淚水透過手背滴落前襟，我卻在心底嘶喊，小妹啊小妹，妳為什麼不按時吃藥呢？

二十幾年這樣拉鋸戰的日子，最後小妹總算被藥物洗清了腦子，開始固定按時吃藥，這才在周全的處理藥事下過了幾年平穩的日子。前年幫她辦理到美國觀光旅遊一個月。每天最讓我提心吊膽的就是她的藥事。第一個星期我每天半夜起來偷數她的藥丸，比前一天的確少了一粒，我才能安心的入眠。

大弟中風前是從不關心藥事的。他知道自己有高血壓的毛病，只要血壓正常了一點，就把藥丸高枕櫥櫃。中風後，每天早晨拿著藥瓶當寶貝似的，一邊倒藥丸一邊唱起：「……我好比淺水龍，困在沙灘……」然後張開那比舞龍還張得大的嘴，丟進一顆藥丸，這張嘴接藥的動作，是他這些年起床後再不敢忘卻的運動。

先生第一次用氣球打通心血管堵塞手術後，就開始與藥事結了終生緣。他儘管是吃藥的模範生，卻是連著三年發病，每年做一次氣球手術。後來朋友介紹一帖黑木耳的中藥方，我們如奉聖諭的每天把黑木耳加紅棗和瘦豬肉，放六碗水熬成一碗的吃喝下去。真佩服先生能把那麼無鹽無糖寡味的東西乖乖吃了這麼多年。從用這藥方以後，十年了先生沒再犯過病，不過他的西藥丸也從沒敢停下，不知道到底是哪種藥發揮了效力。後來他的病情穩定，醫生送了他一個切藥的小盒子，要他把藥量減半。每當看他用那老花加散光的視力專心一志的切著藥丸，不禁感慨起有些人的藥事，不只是水和吞嚥那麼簡單就能打理好的。

父親的藥事裡，每一粒藥丸都裝滿讓人心碎的粉末。他向來傷風感冒都很少吃藥，到要吃藥時已經分不清是藥丸還是糖果。醫生說，藥丸可以延緩失憶症的惡化，卻沒有治癒的可能。每次遞給他藥丸，他像孩子吃糖果般的有滋有味的吞嚥下去，那茫然的眼神似帶著期盼地問：「還要吃一顆嗎？」後來父親連吞嚥也不會了，望著滿身插滿管子骨瘦如柴的他，我擦乾淚水丟棄了那罐過期的藥丸。

如今孩子最幸福的事，莫過於把生病的痛苦讓藥事轉化成甜蜜的旅程。三歲的小孫女總在還不到四小時的藥效時候就嚷嚷著要吃藥了。雙手捧住那一盎司不知加了多少糖漿的藥水，舔著舌頭喝得一滴不剩，圓眼睛滴溜溜的望向我：「Can I have more?」（我能再來一口嗎？）那靈動的眼光總勾勒出內心深處父親遲滯的眼神，形成那麼不調和卻又極相似的畫面，鐫刻心底，永不磨滅。

這藥事有一天會竟然推演到我家狗兒的身上。半年前養了多年的老黃狗從地上爬起時像拖了千斤重擔般的遲緩，走路時也看不出是哪隻腿顛簸著不能平衡。獸醫說就給牠吃人吃的骨骼藥好了。我們的骨骼藥從膝蓋到手關節好多種，慎重選了一種，每晨放一顆混在牠的狗食裡，照顧老黃的藥事倒真是輕鬆又簡單。

自己的藥事也是近幾年才複雜起來的。以前家裡傷風感冒藥都難得找到，偶爾心跳快的老毛病，醫生又說無藥可吃。

後來醫生說更年期了讓我吃荷爾蒙，我總擔心它的副作用而吃吃停停，然後就全部停了。這樣無藥一身輕的又過了幾年，醫生發現後說一定要補充鈣片。一次重感冒之後，醫生說要補充維他命C。有朋友知道我心跳快的毛病，熱心的介紹了幾種中藥，加上自己這幾年一發而不可收拾的胃病，更有不定期到訪的這裡痛那裡癢，去年又動了次大手術；這一下像開了閘的河流，各種藥丸藥粉，中藥西藥外加補品林林總總的匯聚而來，漸漸的塞滿了一層名符其實的藥櫃。比母親當年的藥事還要繁雜熱鬧了許多。幾個月前心臟醫生又要我開始用一種讓心跳減慢的小藥丸，他說量可以減，藥卻一定要吃。我跟先生借來切藥的小盒子，專注而精心的像繡花般切起那小小的藥片來。醫生說心臟藥最好晚上臨睡前吃，於是每晚清理漱洗完畢，就讓那被剪切得細小整齊的藥丸送進嘴裡。

一天繁忙的藥事總算告一個段落。

思念父親

退休後有了些多餘的時間，找出收藏多年的筆墨紙硯，想要練習荒疏多年的毛筆字。鋪展著些許皺摺而略為泛黃的宣紙，驟然間成串的淚水滾落下來。父親年老患了失憶症的那張如孩兒般天真無助的臉龐，從潮濕的紙頁上浮現出來。

父親剛得病的那幾年，我每年一次回台跟父親同住一個月。每天為他料理完早餐後，就準備好紙筆讓父親背寫幾首唐詩，想藉著這種腦和手雙向的動作，讓父親消失記憶的腳步能放慢些。就從最簡單的床前明月光寫起。父親有私塾的底子，毛筆字原本寫得不錯，如今因為失憶偶爾會有把字去頭掉邊的時候。譬如「霜」寫成「相」，「頭」寫成「頁」。我一邊誇講他寫得好，一邊改正錯誤，最後提醒他不要忘了簽上自己的名字。偶爾清楚的時候父親會泛紅了臉頰表示：「不好意思，這個字都寫錯了。」多半時候父親張著無神的眼睛，好像不明白自己在做些什麼事情。

錯字隨著失憶症病情的惡化而增加，這項練字的功課持續了兩年多終究作罷。

把玩著手中的硯台毛筆，論質地美觀都比不上很多朋友送我的好，但是這是在我第一次回台灣時父親親自買給我的，說是寫寫毛筆字能調解一點國外緊張生活的壓力。

父親這輩子所承受的壓力，怕是沒有幾個人經歷過的。

他二十歲投筆從戎，對日抗戰征戰沙場。幾次子彈飛頂擦肩而過，幾次帶著病弱的身子回到家來。有一次父親長髮亂鬚，「像山上跑下來的野人，讓我半天不敢開門。」這些都是母親年輕的時候像說故事般的講給我們孩子們聽的。

童稚昏懵的我，對這些全無記憶，等我開始有記憶時，已是父親另一段苦難日子的開始。

那時來到台灣，貧窮的日子過了幾年，母親驟然得病，一病就是住院多過住家的長年病患。為了方便照顧母親，父親幾次放棄外調離島的機會，那等於是軍官放棄晉升將官的途徑。對於投身軍旅，畢業於黃埔軍官學校與陸軍大學的父親來說，無異於宣告他事業的終點。

父親沒有失意傷神，他毅然盡職的擔負起長官、護理與父親的三重責任，每天奔走於辦公室、醫院和家庭之間，從日出到日落。

父親以上校官階退役。退休沒有為父親帶來歇腳的空檔，等著他的是另一段顛躓道路的起端。

毫無預警的情況下，遠在美國讀書的小妹，得了精神異常症回到了台灣。父親一個肩膀扛著母親的病體，另一個肩頭托住了小妹。

小妹時好時壞的出入醫院與家庭之間。病重時父親要抱著她進出廁所，病情輕微些，父親三番五次的到樓下去撿起小妹丟棄的東西，要頻頻呼叫工人來疏通小妹丟進抽水馬桶的雜物。我們兄弟姐妹都無法容忍的種種精神異常的症狀，父親毫無怨言的用他那漸彎的背脊承擔起來。只要住院的小妹一聲「醫生說我可以回家了」的電話，父親不顧我們的勸阻飛奔而去，再次接回那帶給他無限折磨的小妹。像一齣一再巡迴演出的惡作劇，直到父親得了老年失憶症，才終於放下扛了一生的重擔。

那些年父親是怎樣承受如排山倒海的壓力，知道父親常常夜裡噩夢連連，偶爾會從床上吼叫著蹦跳到地面，那該是父親潛意識裡疏解壓力的一種方式吧。

研好墨，鋪好紙，握好筆。我從一點一橫一豎一撇練起，一如當初父親教我練字的基本動作。

父親從軍前當過鄉間的小學校長，那時的小學是私塾的改良與延伸，寫毛筆字是重要的課程之一。父親在家的日子規定我每天大小楷各寫一篇，然後用紅筆替我圈改。除了練字，跟父親之間沒有進一步建立起父女的親情。難得回家的父親總是嚴謹拘束不苟言笑，記憶裡父親似乎從來沒有牽過我的手，更不用說親切的擁抱了。

直到我結婚生子帶著兒子回家，才終於牽引出潛藏於父親內心深處的慈愛。

父親總是坐在靠窗的搖椅上，手握報紙沉沉入睡。窗外近午的陽光照著父親一頭灰白的髮絲。聽到孫子的叫喚，父親一躍而起抱著孫子高舉過頭，樂得他哈哈大笑，空蕩的搖椅在光影裡輕輕晃動著，那搖椅是父親唯一親密的伴侶，在兒女各自獨立門戶之後，在母親常住醫院的日子裡。

父親開始忙碌的奔跑著，去樓下的雜貨店，對街的小食攤，為孫子買冰棒糖果餅乾，為我買汽水麵包點心。偶爾母親從醫院請假回家，父親會為母親買碗雲吞麵。在還沒有冷氣裝備的眷村小屋裡，父親流著汗水的身影快樂的轉動著。

我們要回家時，父親早早為我下樓叫好計程車，總要看著我的車子開出老遠，他才轉身上樓。

我終於感受到那份遲來卻充沛的父愛。

真正跟父親親密起來是在父親得病之後了。

那時每見父親一次就不知道下次見面父親還認不認得我，不敢浪費一分一秒的時間。從照顧他看病吃藥，到為他擦身洗浴，跟他去醫院看望母親，都是每日必做的功課。偶爾父親會問起一句：「在美國讀書的小妹還好吧。」他完全忘記小妹加諸於他的種種苦難。我拍拍父親的手說：「小妹很好，你放心。」長期住院治療的小妹情況倒真是漸漸好起來了。

父親得病的後半期，他的白晝黑夜已不是日出日落的順序。他每天三點多起床，摸索著坐到廚房的飯桌邊，吃著我為他買好的餅乾。極為普通的餅乾他極為專注的吃著。廚房昏暗的燈光把父親弓背的身影投射到我面對廚房的臥室來，在萬籟俱寂的深夜，那身影是如此的單薄而脆弱。我幾次擦乾淚水，才去為父親倒杯溫開水。跟他說該回去睡覺了，留些明天再吃。他乖順的讓我牽著手走回臥室。

寫了一頁字，久未握筆的手腕隱約有些酸痛。用左手輕輕按摩右手腕，一時想起了當年為父親按摩身體的種種。

那年跟大妹連袂回台，每天四處尋訪要為父親找一處最好的養老院。最後看中了一棟建築在幽靜鄉間的黃彩樓房，裡面一位負責的護士竟然還是大妹中學的同學，這才比較放心的讓父親住了進去。看著父親如迷途的孩子般尋找歸家的路，我們姐妹為這無可選擇的選擇抱頭放聲大哭起來。

牽著父親的手再次指點為他準備的餅乾茶水，千千萬萬拜託大妹的同學後，我們奪門而出，讓涼風吹乾滿臉的淚水。

我們姐妹回到美國不到一個月，大弟來電話告訴我們父親走失的消息。被路人發現昏迷倒臥路邊的父親，已經被蚊蟲叮咬得遍體鱗傷，醫院這才不以失憶症不能住院治療而拒父親於門外；由於二弟的奔走父親住進了母親同一間病房。母親能下床走動的日子，慢慢走到父親床邊，為他順理頭髮拉拉被單，牽起父親的手淚眼漣漣的望著多半昏睡的父親，那眼光裡溢滿了一生一世的憐愛與歉疚。

我每天為父親按摩一次身體，父親沒有肉感的骨架常常摩擦得我掌心疼痛，掌心的紅腫很快撫平，心頭的傷痛卻是終身的烙印。

父親最終在母親的病床邊長眠過世。

我端握著筆，坐正身體寫下今天練字的最後一句：「父親，我想念您。」

稀薄的母愛

母親應該是愛我的，只是在那種人們毫無節育知識的年代裡，家中孩子一個接一個的生下來，母親的愛被弟妹們一一分攤去了，留給我這做長女的只剩下如魚尾鱗片般的數得出來的幾片。童年記憶裡的母親，總是吆喝著我從事似乎永遠沒有停息的勞力工作，洗碗掃地的雜務事算是日常的輕鬆活，出門跑腿的買鹽打醋，卻常常因為找不到回家的路而淚灑街頭。

每天有洗不完的尿片衣服，擦不盡的桌椅板凳，掃不清的地面牆角。偶而難得有空的戶外片刻停留，也都是抱著弟妹，眼看別的孩子們蹦跳著的跳繩、踢毽子、跳房子。我這樣的勞力付出，還是常常換來母親不滿意的一番打罵，沒有讀過書的母親罵人的話有時是很粗魯的。一次來我家作客的舅母聽見了，就說母親：「你怎麼能這樣罵她，這麼小的孩子怎麼能把大人的事都做得好。」

母親有次做月子，我捧著盆衣服到河邊去洗，一件小弟的褲子眼看要隨水漂遠了，我伸手往河裡去撈，差點兒掉到河裡去，旁邊的阿姨把我抓了回來，一邊用樹枝把褲子勾上來，一邊數落著我：「為了一條褲子妳就命都不要了。」那時根本沒想到命的事，只擔心回家後母親的一頓責打。

我幼小的心靈裡覺得母親給我的愛是摻了水般的稀薄。

有一年我得了夜盲症，第一次看到母親為我的事著了急，她張羅著到處借錢給我買豬肝菠菜做湯，我吃了一個星期就完全好了，心底被母親踐踏的傷痕似乎也隨著好了大半。雖然母親焦躁的性子還是常常燒得我焦頭爛額的。

讀高一的時候，我得了咳嗽的毛病，咳到後來痰裡帶著血。母親帶我到軍醫院去照了X光片。看片子的醫生宣佈我得了肺病，那年頭肺病就是死亡的代名詞。父親一位朋友的太太就是得這病，最後看著她吐血而死。那天母親牽著我的手從醫院一直哭到家裡。她把我的手緊緊捧在她胸前，怕我就要飛走了般的。母親粗糙的手刺得我手心發疼，而母親綿綿的淚水一顆顆滴落在我的手背上，沖淡了我內心許多的恐懼憂傷。有了母親這樣充沛的愛，面對死亡似乎都不是那麼可怕了。

後來經過父親的複查，是醫生看錯了片子，我得的只是肺炎。

我休學半年在家養病，母親無微不至的照顧，使我像浸泡在溢滿甜酒的杯裡，終於飲足了童年欠缺的母愛。原來母親的愛是這樣的醇厚甘甜，一點也不稀薄啊！

後來母親因為孩子生得多，中間又墮胎幾個，她的健康一路下滑，以至不到四十五歲，就常常因為生病而住院。這時我這做長女的反過來要照顧母親了，這才感激起母親當年加諸於我的種種勞力訓練，使我能猶有餘刃的在上班之外兼著照顧生病的母親和年幼的弟妹，及做好諸多的家務事，也使身為軍人的父親少了許多後顧之憂。

生病後的母親，漸漸的像變了個人似的溫柔敦厚起來了。再不會大聲吆喝，更沒有打罵責備了。對最小的弟妹更是驕寵有加得近乎有些溺愛了。

自己結婚有了兩個孩子，才終於漸漸體會出當年母親把六個孩子拉拔長大的辛苦。想想在那種戰亂動蕩的歲月中，一大家子靠父親一份軍人微薄的薪水，總是青黃不接的月頭用不到月尾。經濟的困頓，家務的煩勞，加上對父親工作的擔心——父親有時出門幾個月到敵後去接收新兵——還有母親因為不識字而下意識裡造成了內心的一份徬惶恐懼，這是母親以後病中閒聊時告訴我的。種種的因素造就了母親焦躁的性情，身為長女的我自然成為母親宣洩情緒的對象，只是在我那幼小的心靈裡，哪裡能領會到這些點點滴滴呢。不是自己做了母親，又哪能有這般深切的認知呢。

移居海外後，每次回去看望父母，母親多半住在醫院裡，我就在病房搭個床陪伴母親。

在病榻邊的閒談裡，我才知道母親原來是獨生的嬌嬌女。她從小就沒有了父親，十四歲那年一次逃匪的路途上，她的母親又從橋上給擠掉到河裡去，很多天後屍體才被打撈起來。十八歲嫁給從未見面的父親，然後就是一連串的生孩子、逃難、貧困的日子接踵而來。說著說著母親就紅了眼圈說：「那些年多虧妳這能幹的大女兒，替我分擔了那麼多家務事……」

每次短短的逗留，親切的閒聊，織就了我們母女間多少溫馨記憶的網，網裡是我們倆心心相聯的有情世界。這時我為自己幾乎佔有母親全部的愛而生出些罪惡感來。

再一次要分別時，母親總是緊緊捏著我的手，淚眼朦朦對我說：「下次妳回來不知道還能不能見到我了。」

後來回去真的見不到母親了，只剩下母親對我綿遠深長的愛，那是永遠不會消失的。

眼睛的故事

夜盲症

那是物資非常缺乏的抗戰年代，每天總要等到伸手不見五指了，母親才肯點燃那盞小小的豆油燈，擺放在房間正中的飯桌上，讓四周走動的人都能看到那微弱的燈光。

「媽，這麼暗了怎麼還不點燈？」

每天為艱難生活張羅的母親，沒好氣地大聲說：「妳眼睛瞎了，桌子上不是點著燈了嗎？」

我伸著手真像個瞎子般摸索著走到飯桌邊，瞇著眼睛看到一圈搖擺不定的淡黃。「今天的燈光怎麼這麼暗，是該添點豆油了吧。」

直到吃晚飯，母親看我撿不到桌上唯一的那盤空心菜，才驚慌的怕我真要變成瞎子般，用兩隻手輪流在我眼前晃動著。

醫生說是營養太差，得了夜盲症，每天吃點菠菜豬肝，一星期就好了。

父親經常帶兵在外，母親獨自帶著三個加起來不滿十五歲的孩子，被生活的擔子壓走了臉上該有的歡笑。那個星期母親卻是特別溫柔的每天端給我一碗菠菜豬肝湯，湯裡蕩漾著母親久違了的微笑與關切。也映照出五歲和三歲的兩個弟弟，咋叭著嘴唇吞嚥口水的饞像。

我的眼睛很快恢復到能看到桌上的那盞豆油燈，母親又回到她沒有歡笑的容顏，帶著不該屬於她那種年齡的一份悲苦。

長大了跟母親聊起往事，她嘆口氣感慨地說：「那時讓你們挨著餓，不然妳的眼角怎麼會因為貪吃而留下了那點白外障。」

白外障

我和一群饞嘴的孩子們，圍繞著那棵果子樹唧唧咋咋。有的說可以上樹去摘新鮮的更好吃，有的說只能撿地上的，不然園主人抓到會像打小偷一樣。膽大的男生爬上樹去了，跟我一樣膽小的蹲在地上撿鳥兒吃剩的。

一聲驚雷的吆喝，樹上的男孩往地上跳，地上的孩子往四處跑。我還沒來得及站起來，一條皮鞭利劍般刷的一聲掃過我的眼睛。捂著火燒般疼痛的右眼，我淚如泉湧站起搖晃的身子。那男人嘀咕著說他原是要抽打那個從樹上跳下來的男孩子，沒有一句道歉的話語，悻悻然甩著鞭子走開了。

不敢回家告訴母親我去撿人家的果子吃。鄰居看到我時，眼睛腫得如小手掌都蓋不住的大核桃。醫生說再晚來一步就是終身的獨眼龍了。母親也是嚇著了，竟然沒有責罵我，只是告誡說下次不能再隨便去外面找東西吃。

眼睛的腫消了，視力也沒有受到影響，只是右眼角靠鼻樑的黑眼球，貼了半個白芝麻大小的小白點。醫生說能恢復到這樣已經是不錯了，那小白點怕是要跟隨我一輩子的。

孩子的世界最容易遺忘生活裡的不愉快，直到十幾歲愛照鏡子的年齡，這半粒白芝麻才忽然像睡醒了般的在鏡子裡跳動了起來。

找了台灣有名的眼科醫生那玉去檢查，他說這麼多年沒有長大，最好不要去動它。動手術當然可以拿掉，但是不能保證它不長回來，一旦回來就是越長越大不好收拾了。

年紀大了每年做一次眼睛的檢查，醫生帶著誇獎的語氣說：「妳的白內障相當輕微，用不著擔心。只是妳眼角這點小白點……」

像對許多好奇的朋友般，要從頭說起我的白外障。

酒釀蛋

每年先生的姐姐從大陸來，都會帶些做酒釀的酒藥來。從九、十月開始一直要到明年的開春，家裡都飄浮著先生釀治的酒釀香。那香氣裊裊婷婷，總把我帶回到遙遠的童年時光。

在物資缺乏的抗戰時期，母親做月子最好的補品就是一碗酒釀蛋。八、九歲的我，小心翼翼的從母親躺著的床底下，挪出那籃朋友送來，他們自家養雞下的蛋。母親一再輕聲的囑咐：「慢慢著，別碰破了，沒剩幾個了吧，今天就煮一個蛋吧。」送酒釀的鄰居說：「你媽又生了，我們自己釀的酒釀，每天煮給你媽進補吧。」媽媽幾乎每隔一年半就會像母雞生蛋般的生個孩子，我這做大女兒的把酒釀煮蛋練得也像母雞生蛋般的順溜了。

從廚房端到母親臥室的短短距離，成了我最難煎熬的考驗。白皙的蛋兒溫柔的裹著隱隱約約卻份外飽滿的蛋黃，飄浮在晶瑩的米粒中，在醇厚的酒香裡向我發出甜蜜的招喚。每天被空心菜洗刮得泛白的腸胃，也對我一遍遍的教唆著：「就嚐一口吧，就是一口。」或許是太燙了吧，而且我總心存僥倖的想，母親今天也許不會吃得那麼乾淨，些許有條蛋絲，有粒白米，竟或有幾滴酒釀水剩在碗裡呢！但是每次母親的碗都像洗過般的那麼乾淨。

雖然從來沒有嚐到酒釀蛋，那香味卻是能把我從夢裡薰醒過來的。

如今有了先生多年經驗釀出的香甜醇厚的酒釀。他喜歡舀一碗就那麼一勺一勺的吃，說是那樣才有酒釀的原味。我卻一定要煮酒釀蛋。但是無論我怎麼用心，總覺得煮不出當年的甜香濃醇，先生說因為沒有當年的空心菜做配料了。是這樣的嗎？我卻覺得還有些什麼別的因素，卻又怎麼也找不出來了。

魚糕和魚凍

涼秋冷冬時節，懷念起母親做的魚糕和魚凍來。

每年過年前，母親會到菜市場選一條一尺多，將近兩尺長的活草魚或是青魚。母親說只有這兩種活魚，才能做出道地好吃的魚糕。

回家後母親開始忙活：刮魚鱗去魚鰓破魚肚清魚腸，洗乾淨後，仔細小心的片出兩片厚厚的魚肉。

母親用刀背把魚肉剁碎，母親說魚肉鬆軟，是經不得刀刃施虐的。剁好的魚肉放進一個大臉盆裡，加入切碎的蔥花生薑，打十幾個雞蛋，倒入煉好的豬油，再放調味料，魚糕初步的工作算是完成了。母親從雞蛋裡撿出兩個蛋黃，留給蒸好的魚糕粉飾門面。

這時耗費體力的重活上場了。少年的我有了一點小小的參與。母親挽起衣袖，雙手輪流在大臉盆裡打著圓圈的攪拌，直到臉上的汗水滴落下來，才叫我去替代她。

十一歲的我能派上了用場，高興得有些忘形。初試身手覺得好好玩，滑膩的魚肉，雪白的豬油，清爽的雞蛋，真是美麗的組合。我兩隻手輪流在那大臉盆裡用力攪動，不過我的小手跟那大臉盆實在不成比例，像一根細竹竿在一鍋漿糊裡翻動，起不了什麼作用。但是讓母親能擦乾臉上的汗，喝口清涼的水，母親的兩個手臂又像充了電般的，開始有了攪拌的精力。

我們母女這樣輪流上陣，幾番流汗幾番加油，魚糕終於倒進了蒸籠。大火蒸上四十分鐘，母親揭開蒸籠用筷子一戳，確認上面沒有粘附的魚肉後才熄火。母親快速的把兩個蛋黃，用刷子勻稱的在熱氣蒸騰的魚糕上刷一層金黃的表皮，母親說給它穿一件金縷衣，過年也討個吉利。

涼透了的魚糕，母親切成四寸寬的幾個長條浸泡在清油裡。那是沒有冰箱的年代，保存魚糕不會變壞的方法。

魚糕正宗的吃法是選擇每條魚糕的中段，把它切成大小一樣，厚薄相當的薄片，排列在盤子裡，蒸熱了端上桌。貨真價實的一盤魚糕，金黃的封面顯出它的華麗。不是精華的中段，再好的刀工也切不出那樣整齊的畫面。就像閱兵的隊伍，要選個子高矮胖瘦一致的才能行進間看得出整齊。

這樣的一盤魚糕，母親總是要等家裡來了賀年的貴客或是至親好友，才捨得端上桌的。切剩的前後段魚糕，母親就用來切片汆燙，或是燴一鍋白菜豆腐。有了幾片魚糕幫襯，即使尋常的青菜蘿蔔，味道都顯出了不同。母親說魚糕就有這樣尊貴的作用，不但自己品味高尚，極普通的菜肴也被他提升出了美味。

在沒有攪拌機器的早年，我和母親每年為了做魚糕而忙碌著，享受著母女間互動的樂趣。

如今有了方便的攪拌機，在這異國他鄉，卻難得找到專做魚糕的草魚或青魚，連冷凍的都沒有。機器做出來的魚丸，蝦丸在玻璃櫃裡白亮閃眼，個個向你招手諂媚，卻就是沒有魚糕的蹤影。母親如果在世該生出多少的遺憾。

母親把剩下的魚料，大塊剁好放進鍋子裡，用薑蔥醬油鹽糖料酒，加水蓋過大火煮開再小火燜燒二十分鐘後關火。那時沒有冰箱，天然的冷氣中，第二天就成了一鍋美味的魚凍。

我們幾個孩子們最喜歡吃魚凍，一來魚凍滑溜爽口料足味濃。再來我們可以隨意大啖大嚥盡情享用。不像魚糕母親總交待要讓客人先吃，我們每個孩子最多只能撿上一兩片，鮮味才到舌尖，母親的眼光已經投向我們掀動的嘴唇。

其實我倒覺得魚凍滋味濃膩，更能滿足孩子口饞的欲望，魚糕雖鮮美，但是到底清淺了些，又只能淺嚐即止，哪能讓好胃口的小孩子唏唏嗦嗦，把魚骨的脊髓都要吸出來般的，即使只挖一勺純凍子也是滑溜順暢，一口吞下，從喉舌直到胃腸都是那爽溜溜的美味，等不及的要來第二口。

當然在這沒有草魚青魚的城市，也就沒有做魚凍的材料了。我買了整條的魚，請人給裡外清洗好，再剁成幾大塊。回家照母親的方法燜燒成一鍋，涼了往冰箱裡一放。也是魚凍沒錯，但不是母親指定的魚，味道已經走了調，又有魚肉的參與，沒有吸嗦魚骨的暢快，也阻擋了魚凍的順滑，滋味裡有了年代的差異。

那個久遠年代，母親做魚糕魚凍的畫面，在多年後的今天，總還縈繞在我思鄉的夢裡。那魚糕的鮮美，魚凍的滑膩，也總挑動我貧瘠的味蕾。

在這寒秋冷冬時節，分外懷念母親做的魚糕和魚凍。

香腸

入冬以後，先生天天看著溫度表。今天終於低於四十度了，他一聲歡呼「可以做香腸了。」先生從超市買回絞好的豬肉，放進大號的鍋子，開始調味拌料。冰櫃裡拿出腸衣，洗淨理好，再把綁線的繩子分段剪好，做香腸的準備工作大致完成。

第一次做香腸，還是住在小城的時候。小城的中國超市有限，買來現成的叫做廣東香腸的，鮮紅照眼，十多個一包排列整齊，裝在塑膠袋裡，賣相是相當美麗的。

回家蒸熟了，紅色的豬肉有點像塗了口紅的黃豆粒，配上透明的肥肉丁，吃在嘴裡甜甜粉粉的，甜膩有餘香味卻是沒有的。先生說這哪能叫香腸，頂多是甜腸罷了。「哪天一定要做幾條真正的香腸。」先生說。

離小城二十分鐘路程的Slaton，一個只有幾千人口的小鎮，聽說是德裔移民的後代，每年有一次盛大的德國香腸節。就在那裡先生買到了做香腸的腸衣，洗得乾乾淨淨裝得整整齊齊，先生像尋得了寶物般。

接下來買豬肉切豬肉醃豬肉，好費一番功夫。我幫著準備紮結的繩子，清洗裝香腸的大盆子，也像煞有介事般的。

萬事俱備，先生用鐵絲做個小圓圈，套上腸衣。他一塊一塊的把肉填塞進腸衣裡，我幫忙把塞進腸衣的肉往下履。履到一定的長度，就用繩子結紮好。那腸衣滑滑軟軟的，讓我想起在電影上看到農人擠牛奶的畫面。

在台灣每年過年的時候，母親也會灌製一些香腸，少年的我在母親身邊也做著同樣的幫手。腸衣裡經過一番豬肉的堆積，經過往下擠壓的漲縮，空氣就在肉塊之間遊走著；紅肉白氣的，互相不肯讓路。母親讓我拿根大一號的縫衣針「往有氣的地方紮下去，把氣放乾淨，香腸才灌得緊密，封住好味道。」

那可是我最喜歡的工作。一針紮下去一聲小小的「波」，再紮下去，再紮下去，一聲連一聲的「波」聲裡，先是清脆樂音的快意，然後是驅除了悶氣的舒暢。

「好了，好了，不要只是紮針，也要趕快幫忙把肉履下去呀。」

跟母親分工合作灌香腸的往事，在我和先生灌製香腸的桌面上，歷歷清晰可見。

先生把灌好的香腸，掛在後院晾曬。小城冬天氣候乾冷，只三四天，腦滿肥腸的胖個子，經過太陽曝曬，風兒吹打，成就了瘦身苗條的正宗香腸。

有一天，家裡的小狗經不住那香氣的誘惑，幾番蹦跳，咬吃了幾條。牠呼氣裡那份肉香，洩露了偷嘴的秘密。

搬家到達城，先生灌製香腸有了一些技術的改進。先是讓商家把選好肥瘦適中的豬肉，用大一號的絞肉機絞好，省卻了自己一刀刀割切的麻煩。進一步，在調味上加添了平日自己都不大捨得喝的金門高粱，代替了以前用的燒菜酒。先生說有了金門高粱的烘培，香腸的香味才能像烤蛋糕般的提升出來；普通的燒菜料酒，雖是一樣的清淺透明，內裡的暗香浮動是遠遠不及金門高粱的。

每年嚴冬時刻，我和先生忙著他灌我履地做香腸。一番忙碌，額頭上隱隱然有些汗意，寒冷裡生出一份溫暖來。

香腸蒸熟了，切成薄片，是下酒的好菜。

朋友和先生喝一口金門高粱，撿一塊紅白透明的香腸，搖頭晃腦的無比享受。

我不喝酒，撿一塊香腸放進嘴裡，慢嚼細嚥想跟母親做的比一比味道。

眼前只晃動著母親忙碌的雙手，還有她那親切叨絮的聲音。那味道啊，卻是早已隨著母親的離世，飄散得無從追尋了。

分居

今年六月兒子媳婦要坐郵輪去阿拉斯加旅遊，慶祝他們結婚二十週年。

這二十年對我來說是條漫長的時間長河，我是這河流裡一條驚慌錯亂的游魚，每天害怕著那一幕分居的悲劇，又會像一股洶湧的暗流，再次將我顛簸得身心疲憊，艱困的在黑暗裡尋找光明。

那是一個平常的夏日午後，小城的陽光一如往常的明暢亮麗。雪瑞帶著淚眼告訴我要跟兒子分居的消息。

從他們結婚那一天開始，我就做了「異族通婚難以持久」最壞的打算，給自己心理預儲一份應變的能量。但是當我送雪瑞出了家門，背靠著門板我像一面墜落的旗幟，沒有一點重量的滑落地上，只有滾落的淚珠撞擊地板的滴答聲。淚眼裡是四歲小孫女面臨的未知的前途，和已知的兒子當前的傷痛。

電話裡是兒子悽愴的聲調：「媽媽，他們要搬出去了……」

我一直害怕著的事情終於發生了。

雪瑞搬出去的那天，我到她的新居看看有什麼要幫忙的地方。我要繼續扮演一個好婆婆的角色。雪瑞曾經說過：「我將來做婆婆能做到妳的一半就很滿意了。」在她眼裡的好婆婆有能力挽回他們頻臨破裂的婚姻嗎？

雪瑞的母親從外州來，她的同事們從辦公室來，大夥你一句我一言地忙著擺床鋪，放沙發，掛窗簾，擺照片，收碗櫃；偶爾穿插著一陣喜哈的笑聲。我替他們買一份豐盛的午餐，為這「喬遷之喜」做個小小的點綴。是的，整個事件給我一種辦喜事的錯覺。直到天黑的時候小孫女頻頻追問「爸爸怎麼還不回來我們的新家呢？」才掀起了一些尷尬的傷感。

我噙著淚水趕到人去樓空的兒子家，安慰受創而孤獨的他。

往後半年的時間，我努力扮演一個我一生沒有扮演過的最佳紅娘的角色。每星期最少一次請他們全家來店裡或到家裡用餐，桌上總有雪瑞愛吃的腰果雞和魚香茄子。有好的電影就先買好票然後替他們看小孫女。長週末總負擔一切的花費讓他們全家出城去度個短假。小城有音樂會或芭蕾舞的表演，總儘量安排他們兩人出席觀賞。

轉眼間歲月從盛夏度步到深秋，小城每年造訪的雁兒三五成群的回到了湖邊；我心裡反覆思量著，兒子一家什麼時候能回到他們的舊巢。

有一天他們全家在店裡用餐到一半的時候，雪瑞笑咪咪的對我說：「妳猜怎麼的，我買了新房子，以後不用再租公寓了。」我的心往下一沉，有了自己的房子，搬回去跟兒子同住的希望將成泡影了。

雪瑞又是甜美的一笑：「妳知道誰搬來跟我們一起住嗎？」小孫女跳起來大聲的回答：「Dad！」然後用她的小胳臂緊緊的摟著兒子的脖子，兒子更是雙手環抱著那小小的人兒，像是尋回了失去的寶物，再也不肯輕易放開了。

我這才知道真正有力量把他們拉回到一起的，是我這可愛的小孫女，我只是一個薄盡棉力的配角罷了。

一年後他們帶給我第二個可愛的小孫女。好希望像童話故事中圓滿的結局：「從此一家人過著快樂美滿的生活……」但是真實的生活到底不是童話的仙境，偶爾聽到兒子一聲大喉嚨，或是雪瑞一張拉長的臉面，我心底深處的那份恐懼，從腳底往上竄升，通過心臟直到腦門。

好朋友勸我說：「兒孫自有兒孫福，再說妳最擔心的兩個小孫女現在都大多了，即使真有什麼事他們承受應變的能力也強多了。」

當然不希望真有什麼事。給他們的賀卡上我寫著「願你們未來的三十，四十，五十，六十……的結婚紀念日，像凱莉學數的中文，一直數到滿一百。」凱莉是我們第二個小孫女，今年已經九歲了。每次先生要她用中文數到一百，她從二十以後就跳著三十，四十，五十的快速過關。

先生常笑我是那種「人生不滿百常懷千歲憂」的人，我這樣的小人物，那裡有那麼長遠的憂慮，只不過有個小小的希望，希望孩子們有個和睦美滿的家庭，不要再重演分居的戲碼。

妹妹背著洋娃娃

一平過了一歲後，媳婦偶爾因為工作必須出城一兩天的時候，就讓她在我們家過夜。媳婦說兒子晚上一個人帶孩子，第二天一早趕上班太辛苦，我想多少也因為我們兩個老人家比年輕的兒子多一些帶孩子的經驗吧。

睡覺前是一平吵鬧著找媽媽的時候，我搖著她的睡床有時還得抱著她，輕聲唱起「妹妹疲倦了，眼睛小，眼睛小要睡覺，媽媽坐在搖籃邊把兒搖籃搖……」在迴盪的歌聲催眠下，一平慢慢的合上眼簾。那如細玉般雕琢的臉面，發出平穩輕微的呼吸，在一遍遍「我我的小寶寶，安安穩穩在睡覺……」的歌聲裡一覺到天明。

這首在睡夢裡一再重複的兒歌，經過歲月的漂洗逐漸清晰浮現，成為一平第一首學會的兒歌。後來偶爾她也唱這首歌為小她五歲的妹妹凱莉催眠入睡。

在眾多的兒歌裡她最鍾情的是那首「妹妹背著洋娃娃」。「妹妹背著洋娃娃，走到花園來看花，娃娃哭了叫媽媽，樹上小鳥笑哈哈。」歌詞裡有很多容易發音的開口音。娃娃、看花、媽媽、哈哈，曲調又輕快流暢，像一串風鈴在微風裡輕搖擺動，這首歌曲就成了她這半個洋娃娃的最愛。

另一首一平也愛唱的歌，是「小兔子乖乖，把門兒開開，快點兒開開，我要進來。」「不開不開不能開，奶奶不回來，誰也不能開。」我把最後那句「媽媽」改成了「奶奶」符合我的身份。沒敢教她我們當初學唱的原始歌詞「你是大野狼不放你進來」，以免在美麗的兒歌裡，參進了恐懼的附加品。這首歌輕快活潑，一平唱的時候又跳又蹦學著兔子的靈巧。

有一首讓她一直問我為甚麼的歌詞：「長竹高短竹高，三姐妹一般高，大姐嫁金打箱，二姐嫁銀打箱，三姐嫁破木箱。大姊回來殺隻豬，二姐回來殺隻羊，三姐回來炒一個雞蛋還要留著黃。大姐回坐車回，二姐回騎馬回，三姐回走路回。走一會哭一會，望著湖水流眼淚。天也平水也平，只有我的爹娘心不平。」

我自己頗愛這首帶點低氣壓有點特殊味道的兒歌，教小學生唱的時候，分成三部輪唱，此起彼落的長竹高短竹高，大姐嫁二姐嫁，熱熱鬧鬧的掀起了高潮。但是獨唱的時候，那「心不平」長長的尾音，像是在向蒼天伸討公道。一平睜著那雙大眼睛，一句接一句「為什麼媽媽對自己的女兒有這樣的不同？」我耐心地告訴她，這是兒歌呀，編兒歌的人也像說故事的一般有很多想像的空間。

說起想像，曾經教她一首這樣的兒歌：「鄉下的姑娘進城來，腳上穿著繡花鞋，走呀走呀走到城門口，唷，唷，這麼大的灶門怎麼好燒柴？」她當然想像不出來灶門和城門是甚麼樣子。七歲那年帶她到大陸旅遊，總算看到了城門；灶門嗎，就在紙上劃出圖形，架上大鐵鍋，灶門裡畫些紙張木材，幾根紅蠟筆塗抹出熊熊火焰飛揚。她終於開懷大笑起來，「啊，這個灶門和那個大城門呀。」充分領略了那位鄉下姑娘的驚詫。

二孫女凱莉在一歲多剛開始牙牙學語的時候，兒子全家搬離了小城。她五歲時我們退休搬到同一個城市，但是開車到她家也要四十多分鐘，一星期見一次面都不容易，不像一平當初一星期倒有五六天跟我們混在一起。凱莉因此沒有一平的中文基礎，到大陸旅遊一平偶爾還能替媽媽充當翻譯呢。

雖然我腦海裡經常縈繞著「妹妹背著洋娃娃」的風鈴聲，卻就是找不出管道飄進凱莉的腦袋瓜。

有一次去聆聽凱莉的合唱會，我坐在第一排。清楚的看到她張合的小嘴如嗷嗷待哺的小鳥，小腦袋微微搖晃著，那分享樂的陶醉，鼓動我要教她幾首中文兒歌的決心。

正好每年暑假兒子媳婦帶一平到貝里斯從事教會的活動將近十天，凱莉因為年齡不夠不能同行，成就了我們祖孫之間的中文兒歌之旅。

因為沒有一點中文的根基，她只能唱些「小小老鼠上燈台……」和「兩隻老虎，兩隻老虎跑得快……」等等簡單的歌兒。後來總算學會了妹妹背著洋娃娃，經過許多次的改正，才把那句「來看花」不再唱成「來看蛙」。

兩姐妹偶爾週末來我家小住，兩個人手舞足蹈的唱起這首歌，聽得我耳朵舒暢鬆軟，看得我眼眶裡儲滿了喜悅的淚水。

歲月流逝，轉眼一平十四歲，凱莉也都九歲了。老祖母教的兒歌在她們成長的歲月裡漸行漸遠。如今她們喜愛的是那些在電視上載歌載舞的青春偶像們，還有最流行的IPOD裡面的歌曲。今年暑假凱莉帶著當紅女歌手的CD到我家來，跟著CD又唱又跳的，好是活潑可愛。在我的要求下她也字正腔圓的唱完了妹妹背著洋娃娃。但是一轉眼就像彈簧發條般回到了她的最愛，一時讓我有了長江前後浪時空錯置的感慨。

其實也是的，生命總在成長，一平早已走出了她的童年期，凱莉有樣學樣的跟著姐姐跑，原是如花開花落般最自然不過的事情。

生命的成長裡有許多歡樂與悲傷的畫面，在前後浪的推擠間被沖出了視野永不再現。兩姐妹載歌載舞妹妹背著洋娃娃的畫面，卻是經過浪花的翻洗越來越清晰，那聲嘹亮的「笑哈哈」散發出多少歡樂的頻率，流動在廣闊的天地間，永不消散。

是的，成長的歲月裡，有些畫面是定格在永恆的畫框裡的。

我不是老鼠

兒子來美國時讀三年級，女兒入學讀一年級；那時我是一個正常上下班的母親。像大多數在美國的中國母親一樣，每天晚上總要督促他們學中文，從注音符號到造詞造句，一點不敢放鬆，怕她們「會了英文忘了中文」。曾經把她們兩人像造句般的短文送到中央日報的兒童版去發表，他們看到高興得不得了。

那時總用「我聽不懂英文」這句話讓他們跟我說中文。事實也是我自己每星期六還跟美國鄰居學英文，只是進步遠遠趕不上兒子女兒的速度。

後來搬了家換了工作，遠離了朝九晚五的規律作息。跟同住在一個屋簷下的孩子，見面的時間只有週六周日他們不上學我們去開店前的兩三個小時。我的英文在與顧客頻繁的接觸中有了些許的進步，孩子們的中文卻退步神速。寫字嫌筆劃太多，注音覺得四聲真難。我們又絕對抽不出時間帶他們去中文學校，除了堅持跟他們說中文，內心裡那分失落無奈，總讓我誠惶誠恐不可終日。

朋友帶著讚美的語氣說：「妳的孩子那麼小來美國還能說中文，真是不容易，我朋友的孩子，初中才來美國的，現在是中文聽都不會更別提說了。」

在女兒把「同性戀」說成「同形戀」，兒子把「老天爺」說成「老爺天」的日月交替裡，在中文摻進幾句英文的句子裡，他們完成了高等教育，進入了社會工作，成立了自己的家庭，我也晉級做了祖母。店理的業務穩定下來，我們有了些屬於自己的時間。

大孫女小時跟我們的時間多，她會叫奶奶公公之外，我每天從托兒所接她回家，車子開進車庫時，把我那句「到了！到了！」學得像唱歌般的響亮又清脆。

後來教她唱「妹妹背著洋娃娃」和「小兔子乖乖」那些美麗的兒歌，哄著她睡午覺的時間多了，她也能唱出「妹妹疲倦了眼睛小……」漸漸也能背一首像「床前明月光」這樣的唐詩來。我們一起去大陸旅遊，她偶爾還能替不懂中文的美國母親充當翻譯。

小孫女出生不久，兒子全家搬離小城，兩個小孫女的中文像越飛越遠的風箏，終於斷了線。電話裡問她「妳好嗎？」那頭一聲大過一聲的「What？」好像要跟妳對著幹，非逼著妳向英文低頭不可。兒子在三對一的陣勢中當然更是向英文俯首稱臣了。

去拜訪她們時特別帶了大孫女小時候唱兒歌背唐詩的錄音帶，她聽完了睜大了眼睛跟妹妹又叫又跳的，像看完一齣喜劇般。

近幾年美國人開始熱衷於學中文了，在中學教化學的兒子還兼教起中文來。他說只教會話不必讀寫，但是他的會話也不夠流利啊。他說有書本有漢語拼音，讓我不必擔心。我當然擔心，我更後悔當初沒有教好他中文，讓他現在去誤人子弟了。

這時的我們退休了，搬到兒女同一個城市居住。有一天他在課堂上打電話問我，中文裡為甚麼不能的「不」和不會的「不」，同樣是一個「不」字，前一個要讀第四聲，後一個卻讀第二聲呢？從來沒有遇到這樣的問題，想了一下才告訴他，可能是「不」字後面跟的音是第四聲，這「不」就要唸第二聲，兩個四聲「不會」唸在一起多拗口呀。

真高興他能教學相長，從教學生的過程裡，他又做起學中文的學生了。

那天兒子全家回來團聚，閒聊中大孫女忽然用中文說「我是老師，我不是老鼠」。原來兒子暑假開始，每天教他的兩個女兒一小時中文，連洋媳婦也做旁聽生學會了「妳很漂亮」等的句子。

如今我跟兩個孫女講中文，她們再不用「What?」來跟我較量，只是溫柔的用「妳說什麼？」來向我請教了。

戀舊

兒子四歲時穿的一件藍白線條相間的毛衣，一直穿到他七歲還不肯丟棄。新買的類似顏色圖案的他穿一次總能找出不再穿的理由。實在小得不能上身了，晚上睡覺也要摟抱著。我和先生感嘆的說，兒子看來是個戀舊的人啊。

兒子八歲來美國，而今四十歲了，跟著美國人的習俗經常棄舊換新，「戀舊」早已成為漸漸忘卻的中文裡一個陌生的名詞。

我也捨不得丟東西。年輕的時候家裡沒有餘錢買多餘的東西，到美國經過艱困的求學創業，有了多餘的東西也捨不得丟。直到母親去世我回台奔喪，整理母親的遺物之後，才終於有了捨舊的認知。

母親的櫃子裡裝滿了各式各樣的衣服，從可以當骨董的旗袍到那時頗流行的衣褲裝，重重疊疊擠滿了櫃子的每一個角落。最後我要用梯子爬上最高層櫃子，拉出來幾床一股黴味的棉被。

最讓人吃驚的是從她的枕頭套裡掉出來將近十萬圓的新台幣，裡面有我這些年陸續給她零用的美金。母親活著的時候總跟我抱怨錢不夠用。

我想起母親去世前兩年我回台灣，一天伺候她洗澡的時候，從貼身的衣兜裡掉出來一疊錢來。母親慌張的要收藏起來。我心疼的說：「媽媽，妳的錢要捨得用啊。」母親靦腼的笑：「總要留些錢老了的時候好用嘛。」那年母親已經七十八歲。

除了衣物還有傢俱雜物，好心的鄰居幫我租了一輛大卡車，拖走了屬於母親的所有。人活一世最後所能帶走的只有自己。

我開始丟棄舊有的鍋碗瓢盆，只要一年沒有上過身的新衣舊褲，打包送給救世軍。

這次從小城搬來達城，住了三十年的家，留下的要比搬來的多。我自己的衣物從冬衣到夏裝，不過三個大箱子，鞋子從布鞋到皮鞋沒有超過十雙。朋友說比一些出門旅行的人還帶的簡單啊。人生不就是一趟旅行麼？只是不同的景點停駐時間的長短不同罷了。

倒也不是完全不戀舊了。自己二十多歲不識愁滋味時抄寫的一些唐詩宋詞，那本薄薄的小本子，紙捲邊皺丟在路邊撿破爛的人大概都不屑一顧，我卻絕不丟棄。這三十多年海外居住，朋友們斷斷續續寫來的書信，這次搬家時內心交戰良久，最後丟棄了信封帶來一大箱完整的信箋。

先生瀟灑的說他沒有新舊的問題，買得少就丟得少嘛，好像他完全沒有戀舊的情結。

新家對面不遠處是YMCA，總鼓勵他到那裡去運動，像小城每天絕早到Gym去一樣。也說不出什麼理由他就是遲遲不肯成行。那天先生接到在小城一起運動的好朋友寫來一封E-MAIL：「……我很久不去Gym了，沒有跟你的閒聊與咖啡時間，那地方好像有些不一樣了……」

是啊，達城YMCA運動器材的設備也許更完善，但是沒有快走時互相打氣呼叫的夥伴，沒有咖啡時間高談闊論的激情，那就是新不如舊的地方。

誰說先生沒有戀舊的情結。

幾人歡樂幾人愁

每年暑假有一個星期小孫女凱莉住到我們家，因為兒子媳婦帶著大孫女一平要去貝里斯從事教會的工作，凱莉年齡不夠不能同行。

整整一個星期凱莉完全屬於我們。家裡因為有了她，一切都不一樣了起來。傢俱增添了光彩，空氣流動著歡笑，連角落的灰塵也蹦跳起落不肯歇息。

我回到年輕時拖兒帶女的忙碌時光裡，那時少年的我要上班教學生，回家改作業，跟孩子搶睡眠的時間，把帶孩子這樣美好的事情打了折扣。如今感謝上蒼給了我一個完完全全享受帶孩子樂趣的七天，我稱這七天是我的黃金周。

我每年引頸盼望著黃金周，如大旱之盼甘霖。

凱莉從三歲到九歲，給了我七個完美的黃金周。她今年十歲，達到規定的年齡跟家人一起去貝里斯。

時間沒有因為我的祈求而慢行，我從此失去了美好的黃金周。

媳婦跟我說起她的失落感。

那天媳婦跟一平討論著看牙醫的事情。媳婦盤算著該先接凱莉還是一平，正商談著，一平忽然大叫一聲：「媽媽，妳忘記了，十二月我就滿十六歲了，我可以自己開車，不用妳接送了。」

媳婦一聽，先是一愣接著眼淚簌簌的流了下來。

「我忍不住啊，想著那樣小小的人兒，天天繞著我要這要那的，怎麼這麼快就連看牙醫都不需要我接送了。」

我們失去了七天的黃金周，媳婦失去了十六年接送女兒同車的快樂。

難怪媳婦要流淚滿面。

但是在我耳邊幾乎同時聽到一陣歡天喜地的聲音。

凱莉的歡呼：「耶！我今年可以去貝里斯了。」

一平的高興：「啊！我終於可以自己開車了。」

這就是人生，有人失落有人獲得，真是幾人歡樂幾人愁。

湯圓

在所有的中國菜裡，洋媳婦最愛的是魚香茄子，甜點裡她最鍾情紅豆湯圓。第一次看到我做的紅豆湯圓，她帶點猶豫不決的表情，一口咬下去卻立刻愛上了它。她為湯圓取了個美好的名字「迷你乒乓球。」特別喜歡內餡裡那甜膩的紅豆沙，一個接一個咂著嘴叫太好吃了。

兩個小孫女沿襲了母親的最愛，過一段時間人不來也會在電話裡問：「奶奶，妳什麼時候做湯『願』啊？」像一般美國人一樣總把第二聲「圓」說成第四聲的「願」。

我搓湯圓的時候她們兩在旁邊嚷著要幫忙。多半幫的忙是要我把剩餘在湯勺上的豆沙讓她們掐進嘴裡去。偶爾一兩滴落在盤子邊，兩個人伸手去搶。九歲的妹妹常常身手比十四歲的姐姐來得快，姐姐就氣鼓鼓的叫著不公平。

她們的父親就到中國店買了一罐冰糖紅豆沙要給她們吃個夠。她們興高采烈地掏了幾勺就皺著眉頭說沒有奶奶做的湯圓好吃。

奶奶的湯圓是加了配料的，就是那份無可替代揉搓進去的愛心。再說物以稀為貴，在沙河裡撈出來的一粒金沙就是寶物，面對一座金山的紅豆沙能有甚麼大胃口呢。

湯圓還在鍋裡煮著呢，兩個小人兒站在爐灶邊像守衛的戰士，只等湯圓浮出水面將它們一個個擄獲成為自己的戰利品。

她們的父親雖然是道地的中國人，卻不怎麼愛吃湯圓的，妻子和兩個女兒總爭著要吃他的份。三個女生吃完了碗裡的，跑著步到爐灶邊看看鍋裡還有沒有漏網的湯圓。

有一次朋友送來兩包寧波湯圓，特別讚揚寧波湯圓的名氣有多響亮。也許是冷凍的時間太久，煮出一鍋漿糊一樣完全分不出形狀的東西。

這就更堅定了小孫女「奶奶的湯圓最好吃」的信念。

手書

每個月我都會收到三封到六封信，是朋友用手一個字一個字寫完寄來的。在這充斥著方正整齊劃一電腦打字的今天，我可是得天獨厚的幸運兒了。

瑞的字龍飛中蘊含端莊，鳳舞裡儲存規矩。雖然是薄薄的一張郵簡，內容卻很是厚重實在。「收到妳的來信了……」是最普通書信的開頭，然後引出豐盛的內容。到北海道去泡湯，仔細描寫一群裸女袒裎相見的場面，到阿拉斯加觀看鮭魚逆流回歸產卵，與我分享那種悲壯激烈。要不會報導她學畫的心得，合唱團的新歌，同學會的歡笑，學生的結婚典禮……密密麻麻的小字蘊含了她生活的四面八方。最後總要詠嘆四季的變換：夏日的蟬鳴，春日的綠葉，秋日的雲影，冬日的圍爐。常常讀著瑞的信，像是走進縮影的大觀園，林林總總繪畫在折疊的郵簡裡。

清已經是五個孫兒孫女的祖母了，含飴弄孫的歡樂是她信裡的主調。偶爾她會寄來一份最近發表的文章，那封信就有了豐富變樣的內涵。

剛開始清也是用手寫出娟秀的字，讀來親切溫馨，像跟她輕聲細語話家常。有一次收到她電腦打字信，醫生說字寫得太多傷了手腕，要暫時放棄她喜愛的手書。虔誠基督徒的她，信裡充滿喜樂安詳寧靜，方塊的電腦字讀來也是像陣陣微風吹過，抖落了胸臆間的煩亂紛雜。

休息了一年多，又開始收到她手寫的信。她在第一封手書裡歡呼著：「我又可以用手寫信了，剛開始還不太習慣，希望妳看得懂……」

怎麼會看不懂呢，那娟秀的字跡把我帶回到多年前的過去。那時常常讀她沒寄出的稿件，看她給我批改的習作，然後是我出國後她一封封的來信；她即使用左手寫字我怕也是看得懂的吧。

透過清的關係，我收到多年來第一位異性朋友的來信。說是異性，其實是一位高中的同學，名字叫俊宇。清的先生跟俊宇和我都是高中同學，他們兩人在男生班，還是過從甚密的好朋友。俊宇從我給清的信裡知道我要回台灣選舉總統，非常激動地說：「難得去國這麼多年還關心著國事，快把她的地址給我，我要寫信去謝謝她。」就這樣我的手書信箋裡又多了一份內涵，增加了一些不同的分量。

俊宇的字圓潤飽滿，方方正正寬大從容，常常那麼標準的大信封，竟然裝不下我的名字和地址，還要從信封的背面去借一個角落。

男生的信跟我們女生的到底有些不同，俊宇的信談些歷史掌故，名人軼事和時事評論，我的回信常常就顯得不很搭調，幾封書信來往就中斷了聯繫，倒是十分可惜。

不過還有瑞和清的信，她們倆的手書是平常日子裡的米糧，在揭開鍋蓋的時候，那一份清香游走在房間的每個角落，久久不散。

信，信箱

初中一年級跟鄰座的好友相處一年，彼此建立了純真的友情。初二時她搬家離開，要了我的地址，說等她知道了新家的門牌號碼就給我寫信。我斷續寫了幾封充滿童稚感情的信，一心盼望接到她的地址然後一封封寄出。一等幾年她卻如石沉大海再沒有了消息；生平第一次寫的信，就這樣在沒有地址投寄的失望中，冷落在記憶的箱子裡。

後來讀高中大學到就業，陸續交了些書信來往的朋友，開始享受讀信寫信的樂趣。交了男朋友寫信有了字詞間的推敲，來往頻繁的情書把朋友的信推擠到一邊，朋友大都有過類似的經驗，也不會責怪我。

結了婚後，幾番柴米油鹽又掩蓋了情書的氣息，在孩子喧囂的哭聲鬧嚷裡，朋友的信躺在陰暗的角落裡微弱呻吟幾近消失；寫信讀信變成歲月裡稀有而奢侈的享受。

先生出國後才又開始寫信，真正的兒女情長，都是兒子女兒瑣碎的小事要向先生仔細報告。

我追隨先生也出了國，在異鄉寂寞的歲月裡，開始給父母朋友寫信，更是天天引頸盼望著他們的來信。繞了一圈又回到寫信讀信的快樂時光。父親的信總是準時報到，整齊工整的毛筆字，一字一劃鏗鏘有力的寫出句句叮嚀。不同朋友的來信帶給我不同的喜怒哀樂，惹得我在歡笑悲痛中滲出淚水。那時天天盼望打開信箱，裡面有仙女的點金棒，點出比金子還貴重的信；不只是家書抵萬金，朋友的信一樣深厚沉重。字裡行間有懷念的思緒，有美景的描繪，有樸實的家居生活，偶爾添加一些人生的哲理，還有是用心調製的苦口良藥，醫治我青澀苦果的思鄉病。

先生學成我們雙雙投入美國競爭激烈的職場。每天精疲力竭的回到家裡，只要信箱裡有台灣來的信，那就報紙可以不看，晚飯可以不吃，撥開沉重的眼皮，一封信總要讀上兩三遍。

書信傳遞的歲月中，寫信的手漸漸浸出了滄桑的紋理；讀信的眼漸漸蒙上疲乏的光環；而不記得從什麼時候開始，信箱的內容摻進了歲月的變調。

父母過世再沒有親切叮嚀的來信，再親密的朋友也不能天天給我寫信。信箱裡天天有的是五顏六色的各種廣告，間雜著要付的賬單和要繳的稅金。

從第一次收到預買墓地和喪葬保險費的廣告後，就隔不多時一而再再而三的被提醒，生命的終點近在眼前。這樣的廣告沒有五顏六色，以非常正式莊嚴「信」的形式要人正襟危坐專心閱讀，因為拆信的初始並不知道內裡的玄機。

年華流逝，信，再不是單純充滿喜悅歡樂的內容。信箱，不再是只有仙女點金棒的光環。我何其有幸，隔段時間總有朋友的來信，那素顏無華沉甸甸的一封信，讓五顏六色的廣告褪盡了光彩。

所以我還是每天急匆匆的跑去打開信箱。

年輕的聲音，蒼老的容顏

常常跟沒見過面的陌生人通電話，譬如推銷電話或賣保險的人，電話裡左一句小姐，右一句小姐。我會心生歡喜的說是孫女的老祖母不再是小姐了。對方立刻用高八音送來他或她的驚奇，妳的聲音怎麼那麼年輕。我說句謝謝；有時也故作幽默的告訴他或她，我的聲音美過容了，對方呵呵的笑兩聲：「妳好風趣啊。」

聲音大概是不能美容的，並不知道自己的聲音為什麼沒有跟容顏一樣的老去。有時異想天開要是兩者可以互相調換一下，有一個年輕的容顏，即使聲音蒼老也要好多了。

臉面可是可以美容的，從化妝品到打針拉皮。化妝品從洗面的乳液到保濕水，到晨霜、晚霜、防曬霜，還不算口紅、胭脂、眼影霜等等。總之妳到任何一個化妝專櫃，林林總總的化妝品，不上千種也有百種。奇怪的是就那麼小小的一張臉，怎經得起這麼些東西的重壓。

我當然為自己這張漸漸佈滿蛛網的臉煞費苦心地做了些美容的工作。

記得很清楚，二十六歲時第一次發現額頭上有了隱約的紋路。那時的化妝品即使廉價也負擔不起，每天早晚用手指搓揉按摩。一段時間後就沒有了那份耐心，也可能是忘了吧，再後來就是生活的擔子太忙碌照顧不到，紋路一帆風順攀爬成長得不可收拾，從額頭到眼角到面頰到唇邊。這時餓其體膚也不能不再照顧自己的臉面。各種化妝品都試用過，新產品更是備受寵愛。最後才發現這種霜那種露卻都成了皺紋的營養品。皺紋越養越深刻豐滿，這才打消了對化妝品的迷戀。

女兒說媽媽妳是年輕的時候曬了太多的太陽。想起來讀師範的時候，每天下午四點鐘有一節課外勞動服務的課程。那時大家都住校，為了改進伙食，學校利用校園的空地劃給每個人一塊榻榻米大小的土地，讓學生種植蔬菜。從鋤地撒種到澆水施肥全是一個學生的責任，最後的收獲還要經過師長的評分，第一名的能得到獎品。

那時沒有一點防曬的知識，可能防曬霜都還沒有問世呢。都知道空氣、陽光和水是生命的三件寶，陽光這樣的寶物怎麼要去防它呢。

但是班上的同學一樣勞動一樣曬太陽，多年後開同學會，我特別注意觀察，皺紋每個人都有幾條，卻少見有我這樣集寵愛於一臉的皺紋。

女兒說那妳就是受了奶奶的遺傳了。

過往的日子沒有特別觀察過母親的皮膚。有一次翻開老舊的相片簿，四個孩子的母親，光滑的前額沒有一根線條，細細的眉毛大大的眼睛，稍短的鼻子下面就是書上形容的櫻桃小口。母親簡直是圖畫裡唐朝的仕女相；那年母親二十八歲。

像所有的老年人一樣，母親的臉上有了年月的痕跡，比她同年的老太太似乎成長得快些。但是母親體態豐滿，有一次替母親擦澡，七十多歲的身體，皮下的油脂撐起白晃晃的皮膚，那裡找得出一根皺摺。臉上的紋路也有了油脂的支撐，就施施然有了些隱約；不像瘦小的我乾巴著臉面，每條主紋路旁的小紋路都清晰可見深邃而堅固。有時我想美容師要拉我這樣的臉龐，收費也許要比別人貴一倍。

有一次朋友伊妹兒來一封郵電，一位五十三歲的韓國婦人，美容後像三十五歲的女人。這樣推算我這七十四的能看來如四十七也就讓人非常滿意了。但是看過電視上拉皮的鏡頭，那樣血腥的畫面要有多大浴火重生的勇氣，終究打消了意念。

一天黃昏跟先生坐在廚房的飯桌邊翻弄著各自的書報雜誌，窗外的幾棵橡樹在斜陽裡輕舞，蟬兒在晚風裡鳴叫。先生忽然放下書報對著我凝望起來。這樣極其稀有的動作讓我也放下了手中的書本，是不是臉上殘餘了肉粒青菜。先生慢悠悠地說：「這樣距離的坐著，臉上的紋路看不清楚，太太妳的輪廓還是很清秀美好的。」

蟬聲戛然而止，樹影隨著斜陽消逝在天邊，蒼茫夜色逐漸籠罩下來。

一次小城的醫生夫婦來我家作客。兩年不見女主人年輕得像她的女兒。她爽快的告訴我：「我打肉毒桿菌美容了。」她指給我看額頭上兩針，兩邊眼尾各一針。「我先生替我打省很多錢。」話鋒一轉她望向我：「妳要不要打，下次我們來就帶藥來，我先生替妳打。」她的眼睛在我臉上來回環尋，大概一時算不清要打多少針。

「不算痛，像打感冒預防針一樣，也像蚊子重重地叮了一口。」

「要看每人皮膚的情況，我是每半年打一次，七個月八個月也有的。當然四、五個月就需要補打的也是有的。」

醫生夫婦回去了並沒有下文，我帶著滿臉豐富的紋路和年輕的聲音，還有美容的夢想繼續過著我尋常的日子。

夕陽無限好

先生讀大學的時候，家住在一個竹林深深，近處潭水遠接青山的幽靜地方。長長的暑假同學們三五成群渡水過潭到他家度假。青山綠水給這群年輕人提供了忙碌的玩樂場所。到晚上竹林深處除了持續的蛙鳴，遠處偶爾隨風送來幾聲狗吠，聊天之餘不免興起些寂寞來。一位同學就帶來一副麻將牌，靜夜裡竹林沙沙的風聲伴著屋裡嘩啦啦的洗牌聲，把沉寂的鄉居渲染出嘉年華會的鬧意。

一群好同學湊成了最佳的牌搭子。那時的窮學生沒什麼輸贏的計算，都忙著做清一色，雙龍抱，三數，全帶等等的大牌。「做成了大牌，不胡也過癮。」幾十年後的今天，先生還是津津樂道地告訴我。

入了社會即使有時間也難得找到合適的牌搭子，加上有了家的牽絆，打牌漸漸像褪色的照片，模糊得難辨紅中白板了。

到美國後讀書打工兩忙，偶爾寒暑假或中國年，抽空湊桌麻將。用牌聲裡的嬉鬧喧嘩掩蓋過內心深處鄉情的呢喃。

搬到小城開店不久，先生被請去間接認識的朋友家打牌，說是三缺一非幫忙不可。那天三位女士搭配唯一男士的先生，是俗話說的「三娘教子」的牌局。先生後來說生平沒有打過那麼緊張的麻將。

後來店裡生意忙起來，將近三十年先生沒碰過麻將牌。麻將聲像秋風吹落葉，嘩啦啦飄散無蹤影，夢裡身是客的悵惘裡，牌搭子模糊的臉面，偶爾會出現在回憶的網膜上。

退休後兩個人日子像搬了家的蜂巢，有一格格填不滿的空間。

一天清晨我正在清洗早餐的碗筷，轉頭向客廳望去，手裡還捧著報紙的先生，頭卻垂到胸前響起了輕微的鼾聲。朝陽透過窗簾照射到他花白的頭髮上，窗外橡樹上的鳥兒們此起彼落嘈雜的唧唧咋咋，讓我想起消失多年的麻將聲。是啊，如果現在能給他湊一桌麻將該多好。

說來真巧，那天一位朋友打來電話，說是從加州帶回來一副麻將牌。「你們來我家陪我媽打麻將好嗎？我們成天上班，老人家一個人怪寂寞的。」

就這樣沉寂三十多年的麻將聲，在我們兩家頻繁的互動裡，重新掀開簾幕登上舞台。老太太、張先生、房先生還有我先生，組成了舞台上最佳的牌搭子演員。

房先生風趣幽默，常常邊摸牌邊唱歌：「這美麗的香格里拉，這可愛的……」忽然歌詞驟然打住，一聲嘆息：「一上就一聽，不上就要了命呢。」張先生平穩厚重，打牌也是穩紮穩打，不輕易做大牌。老太太富泰敦厚，輸了贏了，臉上總是永不消失的笑容。

我是盡職的跑腿兼打雜，加茶水、送點心、切水果。多餘的時間就在每個人後面輪流觀摩一番。看久了，他們三缺一的時候，我也能偶爾上場充數，免得掃了大家的牌興。反正牌桌上軍情緊急，大家誰也不讓誰，下了牌桌數數籌碼定輸贏，誰也沒真掏過一分錢。

這樣一天嘻笑熱鬧，從晌午到黃昏，就著夕陽映照出十分快樂美好的人生。

茶與同情

每天清晨與黃昏，她跟女兒有一次茶話時間，喝茶和閒話。

以前女兒買些速食般的茶包或是沖泡好的茶水，覺得喝茶就是這樣簡單。後來有一次喝了她先生泡的凍頂烏龍，「世界上有這麼好喝的茶」，一時驚為天人。從那之後她就開始了每天早晚步行十五分鐘到女兒家燒水泡茶，一方面走路運動，又可以跟女兒閒話聊天。

女兒吃著早餐喝著熱茶，跟她聊些昨天或者更早時候的事，有時會追溯到多年前開店的時候。那時她連三餐都不能給孩子打理，喝茶聊天更是夢裡也不會出現的畫面。她總為自己當年在兒女生活中的缺席而自責。

女兒用那剛握過茶杯的暖手輕輕拍拍她的手背「媽媽，It's ok，我和哥哥不是也都好好的長大了嗎？」女兒的語調裡有著每次觸到傷口時一份撫慰的同情。

年歲越長她越感覺到那段缺席的歲月帶給她心靈的負擔。在兒女成長的青少年時期，她是個缺席的母親。每天深夜回家兒女早已沉入夢鄉，她努力第二天起個大早，孩子們早就出門趕校車去了。她錯過了許多跟兒女相處美好的時光：清晨對孩子的叮嚀，中午為他們準備便當，晚上聽他們在餐桌上滔滔地談論；即便是他們的吵架打鬧，她都錯過了勸解的機會。

那時她總安慰自己，再過幾年，再過幾年店裡多請一個人就好了。但是孩子沒有時間等候，他們快速的長大了。在沒有父母的陪伴指引下自己摸索著長大了。每每想到孩子們沒有吸毒酗酒、作奸犯科，她都要雙手合十，衷心感謝上蒼替她陪伴教導了兄妹倆。

如今兒子成家立業，一家四口過得幸福快樂，女兒卻還是單身一人守著空洞的大房子。只有她早晚沖泡茶水的熱氣，為冷清的屋子散發出一些溫暖的氣息。她就特別珍惜這早晚的茶話時間，覺得終於為自己早年的缺席尋求到了一點補償的機會。

黃昏的時間比較悠閒。她和女兒捧著冒著輕霧飄著微香的茶杯，看著窗外被夕陽拖長的樹影，從樹影下偶爾飛過的歸鳥。

女兒在醫院的癌症部門做藥劑師，常常告訴她一些病人的故事。今天一個二十幾歲的年輕人得了不治的癌症，一個做母親的怎樣噙著淚水為得了皮膚癌身體潰爛的女兒擦身敷藥，一個換骨髓的人怎樣堅強的支撐著他的生命力。女兒的聲調裡充滿了對生命的無奈，偶爾發出一聲輕微的嘆息。

這時輪到她用握著茶杯溫暖的手，輕拍著女兒的肩膀。拍去一些肩上的負擔，給女兒一份同情的撫慰。

然後茶淡夜濃她要散步回家了。女兒問一遍：「媽媽您真的不要我開車送您回家啊！」她總是輕快的回答：「不用了，我走路運動運動，明天見。」

明天會有另一個茶話時間的來臨；她，不會再是一個缺席的母親。

樹的風情

從小喜歡看樹，樹有那麼多種不同的風情。麗日晴空的時候，刮風的時候，下雨的時候，閃電打雷的時候，樹，總是像個魔術師，它不動不走只是眨眨眼睛撓撓耳朵，就能營造出千百張不同的畫面。

很久以前有一天跟朋友背著相機，誇下海口要去拍各種不同「樹」的照片。其實年輕的我們倆無非想藉著樹訴訴衷腸；譬如男朋友的煩心事。

「妳看這棵樹像不像他，一副桀驁不馴，心高氣遠的要衝上雲霄的樣子。」

拍了很多張不同的樹，樹下面站著我或是她。看著沖洗出來的照片，我心心念念，我要是這顆樹，那顆樹，唉！任何一棵樹該是多麼快樂逍遙啊！

看著樹，數著樹，讀著樹轉眼間人生的道路經歷了千百棵不同的樹。我還繼續追尋著那個遙遠的夢想——假如我是一棵樹。

那天晨走，我又駐足觀看那棵人家前院獨特的大樹，說它獨特因為它從根部分叉成三棵獨立的個體樹，各自經營互不干涉，倒也枝壯葉茂聳天立地，對我每天的問好注目，三棵個體樹都是沉默以對。

走回頭的時候，驚然發現其中的一棵個體匍匐倒地，把馬路橫腰切斷。它以一貫的沉默對著斷枝的傷口並沒有傷痛的淚水，粗壯的枝幹仍然掛著豐茂的葉片。它以一貫的沉默對著我憂傷的面容，但是我似乎聽到它深沉的語言：「生命總會發生些意外，我的兄弟們還會是妳行路的伴侶。」這樣一棵偉岸昂首的大樹，怎麼會無風無雨無動無震的忽然倒塌，是在向我述說，樹木的生命也有它無常的變數嗎？

直到砍掉前院的一棵樹，更是證明了樹木生命的無常。先生嘮叨了無數次，六棵大樹把前院遮擋得雨水都滲透不了何況陽光。「妳看這草這花這藤蔓，還有它們生存的空間嗎？」

工人們七手八腳，眼看著一棵生機盎然的大樹，一枝枝一節節被丟進攪拌機裡，轟隆轟隆幾聲慘烈，粉身碎骨屍骨無存。

我不能成為上面的這兩種樹；我也不想做會開花的樹。櫻花桃花梨花梅花這些花樹，美是夠美的，但是繁複的花兒奪走了樹本身雄偉的氣質。樹就是要雄糾糾氣昂昂，頂天立地在宇宙洪荒裡奔放開展。

人們家前後院的樹，除了有被連根砍除的命運，有些主人還喜歡替所有的樹塑身整容。一年半年的要請人砍這棵枝條修那叢葉子。看起來樹是清爽亮麗了許多，但是那份傷筋動骨的疼痛那裡是人們能體會得到的。像愛美的人割雙眼皮紋眉拉皮減肥瘦身，要付出多少忍受疼痛的代價。

我要做一棵自然生長的樹，也許要到深山野林萬里無人的地方，還要挺得住寂寞，耐得住孤寒。

假如我是這樣的一棵樹，每天望著山頂的白雲飄然而過，低飛的雲會跟我的身體碰撞，發出短暫輕快如歌的行板，我喜愛那樣的感覺。

雲後的陽光亮得我睜不開眼，但是我不怕長黑斑，不怕生皺紋。陽光讓我的葉片閃亮青綠，讓我的枝幹日漸粗壯。

風兒是我親密的異性朋友，它們吻過我每一片綠葉，瀟灑的揮手說再見。風兒是個多情的種子，它們到處留情，我們不能太認真；我要留下美好的回憶迎接下一波風兒的造訪。

有風就有雨，風雨常常是不分家的兄弟。雨點兒打在我身體上的感覺真是美好，我的每一張葉片伸開每一個細胞迎接每一顆雨滴的滋潤。

當然我不喜歡狂風暴雨的光臨，那是一種海嘯地震的浩劫，最最悲哀的是原本親愛的兄弟姐妹們，在風雨的攪和下六親不認，互相瘋狂的撕咬鞭打。災難過後遍地的殘葉斷枝看著讓我心痛。

我最喜歡有星星的夜晚，我的每一張葉片是一個閃亮的眼睛，望著天上的星星，數著天上的星星，說著天上的星星。大地沉寂宇宙熟睡，我們和星星交換著無盡的纏綿。

樹高高在上，是讓人仰之彌高的貴族。樹沉默直立，有謙謙君子的風範。樹，是每天第一個聽到鳥兒唱歌的聲音，第一個迎向朝陽的聖者，第一個看到月兒的升降。

所以我總有這樣的夢想，假如我是一棵樹……

買房賣房

四年前我們開始在達城看房子。朋友介紹一位黃姓的中國房地產經紀人給我們。

黃先生從電腦上列印出適合我們需求條件的房屋，一間間帶我們去看。一天看了七、八間房子，不是價錢偏高就是地點稍遠，要不就是房屋格局不合理想。這樣看了一天沒有什麼收獲。

黃先生安慰我們說：「不要急，買房子不像其他的東西，可以退可以換，一定要仔細挑選到自己喜愛的，免得買了後悔。」他和顏悅色的接著說：「慢慢看，我一定替你們找到合適的房子。」

第二天又看了好幾間房子，還是沒有完全合意的。黃先生極其耐心的安慰我們不要灰心，他說：「買房子有時也有些靠緣分的，讓我再上電腦找找看。」

那時我們還住在居住三十年的小城，習慣了小城寧靜的生活，搬家總覺得是可有可無的事情。再到達城讓黃先生帶著看房子已經是一年以後的事情。

這次很順利的一下看中兩間房子，我們立刻出了價錢付了訂金。事情就有這麼巧，上市幾個月沒賣掉的房子，其中一間在我們出價前一個星期才有了買主，另一間有人比我們前兩天出價正在進行貸款中。

才是春末天氣不冷不熱，黃先生卻擦著臉上的汗水。「很抱歉啊，那麼不巧呢。」難道真是應了他說的買房子也要靠些緣分。

又過了兩年才再次到達城看房子，黃先生的電話一時找不到了。女兒介紹了她買房子的經紀人叫茱莉的先帶我們看房子。

茱莉帶我們看了三間房子，離我們的標準相差太遠。心想再找找黃先生的電話吧，偏偏介紹他給我們的朋友又出門度假不知什麼時候回來，怎麼能聯絡到黃先生呢。

那天黃昏我們在女兒家吃完晚飯出門走走，轉一條街看到一棟要賣的房子。女兒當天晚上就打電話給茱莉，請她第二天帶我們去看。我和先生一看十分滿意，想到離女兒家走路十五分鐘，更是覺得歡喜。

有了上次錯過兩棟房子的經驗，我們讓女兒看過後立刻出價，幾通電話來往，房子總算買定了。

茱莉幾乎不費吹灰之力，讓我們買成了房子。黃先生那麼奔波辛勤，只換來我們對他無盡的歉意。

然後輪到我們要賣小城的房子。

麥克是我們賣房的經紀人。他熱心的告訴我們怎樣給住了三十年的老房子整容化妝：粉刷牆壁，換吊燈、電扇、地板，裝新的爐灶烤箱……

三個月後有了買主，出價也算公道。我們簽好合同等著好消息。

兩個星期後，買主取消了交易，我們又陷入等待的行列。這一等就是金融風暴的來臨，房價一路滑跌。其間只有一個人出價，離原價相差太遠，我們沒有接受。

一年多過去了，女兒說怎麼不換一個經紀人試試看。其實麥克為我們的房子也算盡心盡力了。定期open house（編者按：開放房子讓欲購屋者參觀），在網路報紙上做廣告。一個月好幾封信給我們，看看自己的房子能在照片上有這麼好的賣相，怎麼就是乏人問津呢？

那時我的胃病鬧得嚴重，跑醫院做胃鏡照腸鏡照掃描，先生和我都到了情緒的低谷；加上女兒的催促，跟麥克合約期滿我們就換了一位叫琳達的女經紀人。

琳達接手一個星期有人出了價，價錢就是當初我們認為相差太遠的數目。

一方面我醫生看得心煩，一方面琳達一再強調「現在房子不好賣，很多上百萬的房子，三分之二的價錢都賣不掉。」最後以那相差太遠的數目，象徵性加了兩千塊錢，我們的房子賣掉了。

麥克打電話來說，當初那人出同樣的價錢你們不賣，怎麼現在倒賣了？我們哪知道是同一個人呢。又怎麼跟麥克解釋我們心情的變化呢。

琳達上手一星期輕易的賣了我們的房子，麥克辛勤工作一年多，也只換來我們百分的歉意。

你說買房賣房是不是真有些緣分的存在。

老公

一屋子的人，圍著明天就要動手術的他。都是當年中學的同班同學，不是他這場病，還真不容易這樣像開同學會般的個個到齊了。

她人前人後一聲又一聲的「老公」，叫得順溜自然。躺在病床上的他也嘻皮笑臉的，充份享受著當老公的快樂。

有人開始離開，說著保重啊、趕快好起來啊！她是最後一個走的。替他拉拉被單，挪挪枕頭：「老公，勇敢一點，明天再來看你。」

拉開門她回頭看他一眼，隱隱似看到她眼眶裡閃動著水光；許是開門的光線吧，他想。門完全關上後，他的淚就落到她剛挪過的枕頭上。閉上眼，那聲清亮的「老公」，像迴廊裡響起的腳步聲，漸行漸遠。

那年兩岸開放後，他第一次回家鄉去看望八十多歲的老母親。真是少小離家老大回，母親盼他盼得完全變了樣子，不變的是對他的溺愛與縱容，好像他從來沒離開過家，還是從前那頑皮刁蠻的小柱子。

一個星期，母親把當年的小柱子養成了今天的大柱子。有一天問起他娶媳婦了沒有？他趕緊答應著娶了娶了。母親又問有孩子了沒有？有了有了，一男一女兩個。母親笑得滿臉數不清的皺紋，他才又找回些當年母親的樣子。

臨走時母親在悲悵的聲調裡忽然湧出了一絲歡笑，快點帶媳婦和孫子們回來讓我看看啊！他一疊聲的一定一定，飛也似的跑出了母親的視線。

數著日子的母親，終於等不及地讓朋友代筆接連來了幾封信。最後信上幾乎就只剩下一句話：「先寄張照片讓我看看也好呀！」

他這才知道自己當初一心為安慰老母親而編造的那篇謊言，怕真要讓母親傷心到底了。正好是一男一女兩個孩子母親的她，爽快俐落地自動做了他謊言裡的女主角，外帶著兩個配角的孩子。在同學們的陪同下，去照相館拍下了他第一次也是最後一次當丈夫兼父親雙重身份的全家福照片。

他們這批同學的情誼不比尋常。五十多年前這些戰火中的小流亡學生，從山東到澎湖而台灣，最後落腳在員林。他們睡統舖、吃大鍋飯、冬天洗冷水澡、夏天偷龍眼吃的一批難兄弟苦姐妹，不敢說生死與共，卻絕對是情同手足。這種情誼使她心甘情願把自己呈現在他老母親盼望的眼神裡。她拿著照片幾乎能感受到隔洋那邊，老人家顫抖的雙手和噙淚的呼喚。

那以後同學之間總開著「老公」「老婆」的玩笑。她也很大方的叫著「老公」。他卻從不敢造次，直到聽說她離了婚好幾年，他猶豫著該不該向她表示一點什麼，心裡卻還是浮現起癩蛤蟆跟天鵝之間的距離。這個當年的校花，在學校時追她的人就排著隊，他那時就沒有排隊的勇氣。

後來他就檢查出得了這樣的絕症，而且已經擴散到身體其他的部位；明天的手術也就是盡人事罷了。當年情同手足的同學們，分批二十四小時輪班在醫院陪伴他，她更是天天到醫院，老公叫得那麼自然親切。護士小姐誇他有個漂亮的好太太，他也沒解釋什麼，這麼一個精裝的故事，不大好隨便展覽給別人看。如果母親還在世，也許能激起他把照片上的故事演繹成真的勇氣，但是母親過世多年了，世間的事情就是這樣的吧。還是母親幸福，至少是帶著無限的希望走完了人生，不像他連驀然回首的資格都沒有了。就讓此情成為永遠的追憶吧，在他人生最黯淡的一段旅途裡，散發出些許惘然的光芒。

音樂之路

每個月最少一次或兩次，我們要開車五個半小時去看望居住在達城的孩子們。德州道路平坦，我們頻繁來往的路段，沒有多少青山綠水的景色，於是我們開拓了一條屬於自己的音樂之路。

起先挑選些自己收藏的磁碟，古典的現代的，老舊的流行的，輪流交替讓長途的旅程不只是播放輪胎摩擦馬路單調的聲音。

時間長了磁碟的樂音輾轉耳側，漸漸也變得單調起來。女兒就替我和先生各自錄製了一張磁碟，收集自己最愛的歌曲。

先生的磁碟第一首就是他最愛的「棕髮女郎」。多年前先生介紹我聽這首Debussey作曲，Heifitz小提琴演奏的曲子，我就喜愛上了它。音樂的奇妙就在於是你喜愛的聲音，即使是第一次聆聽，也會有似曾相識的認知。棕髮女郎就是這麼熟悉的從古老走進我今天的世界，以她那清瘦修長的身姿，飛揚起一頭棕色長髮，在風裡輕快的跳躍轉折，向我炫耀她那活潑輕曼的舞姿。

第二首是由Grieg作曲，Peer Gynt組曲裡的「Solveig's song」的歌。由女高音Sheila Armstrong演唱的。

上高中的時候正是那種為賦新詞強說愁的年齡，有事沒事喜歡哼唱那幾句「冬天不久留，春天要離開……」腦海裡幻化出一個憂傷的少女，雙手抱胸昂首高歌，等待情人的歸來。多麼詩意而美麗的人生。

聽了Shelia的歌聲，那完美女高音的演繹，真正震撼了我的心靈，嘹亮而清脆的歌喉，把最後那一聲悠長的「啊……」迤邐出如雲雀般輕快飛奔的昂揚，真正是此音只應天上有。

先生很喜愛磁碟上那首「Danny Boy」的愛爾蘭民謠。曲調早就會哼唱的，歌詞卻是這次女兒錄製後才聽明白的。思索著歌詞不能確定是一位長眠地下的婦女，對舊情人的思念，或是一位去世的母親思念兒子的心聲。歌詞幽美中帶著淒惻。

「Oh, Danny boy, the pipes, the pipes are calling, from glen to glen, and down the mountain side。」這第一句我試著翻譯成「啊，親愛的丹尼，悠揚的笛聲正在頻頻地呼喚著，穿越長長的幽谷飄向遙遠的山腳。」多麼感性的開場白。歌曲更是幽幽渺渺訴不盡的迴腸蕩氣。

女兒選的是女高音Kiri Te Kanawa唱的。每次我們總要重覆播放，沉浸在如黃昏暮靄的情景裡，久久走不出那雲山霧雨籠罩卻又寧靜如平疇萬里的世界。

六〇年代流行於伯克萊校園的一首反戰歌曲「Blowin' in the wind」，由男女和聲伴著吉他唱出淺顯易懂卻頗帶哲理的問話。「需要有幾雙耳朵，才能聽到人世間的哀嚎？」「他一再轉開他的頭，只為了假裝什麼都看不見嗎？」九段饒有意味的問話，答案卻只有簡單的一句「The answer my friend is blowin' in the wind」。

這正是複雜人世的寫照，不必苦苦追求答案，一切都將隨風而去。同時歌詞裡處處揭示著值得人深思的問題——正是由於那些舉足輕重的人物，不把他們的耳朵聆聽人間的悲苦，不把他們的眼睛正視世界的哀愁，才造成了今天紛擾征戰的人間。

這首歌曲調簡單音色沉穩，每一個字句聽得清楚明白，有些憂愁有些無奈，有些人生的哲理，贏得我們的喜愛。

先生讀高中的時侯，音樂老師教給他們幾首好聽的歌曲。其中兩首在五十多年後的今天，詞曲還清晰的記在心裡，把我們的音樂之路添加了自己的聲音。

一首名叫「我佇立在她的門前」。一開始就唱出一幅落寞淒涼的景色。「模糊的村莊映立在面前，禮拜堂的塔尖高聳昂然，依稀辨得五年前的園柳，屋頂上寂寞的飄著炊煙……」

他戰後歸來尋找到她的舊居，孑然佇立憑吊戰亂中離散的她，在那樣一個飄著炊煙的黃昏。「我無所思也忘了疲倦，我只是佇立在她的門前，我是這樣的沉默……」歌詞憂傷悲切，歌曲更是如徘徊雲杉的幽靈，帶著淒惻悲苦的控訴。先生感性的聲音，總讓我聽著就潮濕了眼眶。

另一首「憶江南」則是美如夢中的童話故事，曲調優美，歌詞清麗。「我家在江南，門前的綠水繞著青山，在那繁華落葉的城市，我懂得怎樣笑怎樣歌唱。啊！江南，春山二月鶯飛草長……」

我跟著先生學著哼唱，把我們的旅途渲染出一份美麗的江南畫面來。

女兒替我錄製的磁碟，第一首是我喜愛的「Five hundred miles」。我喜歡那沉鬱的男低音和帶著憂傷氣息的曲調，還有那份流浪者漫走天涯的意境。

女兒替我錄了幾首輕快好聽的電影主題曲。有一首瑪麗蓮夢露唱的「The river of no return」。她演的這部電影遠比這首歌有名，但是她低沉而富有磁性的聲音，自有她獨樹一幟引人入勝的地方。

前幾年朋友替我寄來一張女高音林惠珍獨唱的磁碟，成為我們音樂之路的良伴。裡面有很多好聽的國語藝術歌曲。「玫瑰三願」、「我住長江頭」、「花非花」、「踏雪尋梅」……等等。我最喜愛的是「斯人何在」和「懷念曲」這兩首。

多年前聽名男高音斯義桂用他那雄厚的男中音唱出那句「斯人何在問穹蒼」以及最後一句「不堪回首恨綿綿」時，一種磅薄雲天的氣勢，讓我內心湧起一股涵蓋天地的悲涼來。林惠珍的女高音演唱這首曲子，氣勢意境稍嫌薄弱，但是她唱的「懷念曲」卻是珠玉清麗打動人心的。

「把帶著淚痕的箋，交給那旅行的流水，何時能流到你屋邊，讓它彈動你的心弦。」歌詞本就優美，經過她行雲流水的詮釋，孕育出一個深情的夢境。

聽完女兒錄製的兩張磁碟，還有先生的獨唱以及我偶爾的和聲，我們的旅程就要到達終點。在眾多美好歌曲的陪伴中，我們又一次走過了一趟豐富的音樂之路。

黃瓜

沒想到黃瓜的世界原來是這樣的豐富而多變的。

Walmart的黃瓜常常是最便宜的，一塊錢買兩條青綠又胖嘟嘟的瓜，削了皮切成塊撒些鹽就能嚼出一番清香的味道。要吃得豪華一些再放匙糖放匙醋滴幾滴麻油，酸酸甜甜有滋有味。先生愛吃辣加一瓢辣油，一疊小黃瓜就蘊含了人生的酸甜辣諸多風味。

有一種叫English的黃瓜，細細長長綠皮發亮，被塑膠紙嚴實的包裹著，好像怕什麼東西褻瀆了她似的。即使在Walmart，價錢也是普通黃瓜的三倍。也難怪了，苗條淑女的外型是瓜世界裡的模特兒，身價自是不同，又可以不削皮擺在盤子裡，青綠淺白如輕妝淡抹的少女秀色可餐，她也的確比普通的黃瓜要脆要甜要細緻些，咬她入口自是另有一番風味。

中國超市才買得到中國小黃瓜，不知道是不是水土不服，皺兮兮的猛一看像一群青蛙背。偶爾會買到一些光嫩青綠的，那就不用削皮，菜刀拍打幾下，就裂開了她一生的積存，連汁帶子都是好味道。日本小黃瓜細緻青綠，想像著她們穿著五顏六色的和服，踩著高高的木靴，我就止於欣賞從來不敢去嚐鮮。其實是對日本有一種我們這種年齡抹不去的情結，何況有那麼多種可選擇的黃瓜呢；特別今年女兒家後園豐收的黃瓜，讓我整個夏天沒花錢買過一個黃瓜。

女兒說她也不知道是買的什麼種子，個個長得白白胖胖讓人想起豐腴的貴妃來。後來女兒才明白原來在大片濃密瓜葉的覆蓋下，沒有足夠陽光的照射，皮就不能成就它的青綠，好像人一樣長年不見陽光皮膚就會蒼白。蒼白膚色的人給人不健康的感覺，黃瓜的白皙反而好像經過美白的處理，剛摘下來的瓜有滴得出水來的濕潤，加上脆溜溜的口感，每咬一口讓自己覺得有帝王的享受，我給了她一個也只有帝王才配享有的名字「白玉瓜」。削了白白的皮，就是白得透亮的瓜肉，整個瓜放在盤子上，就是一個特大號橢圓形的大白玉石呢。

起先塞滿冰箱的瓜群還真讓我犯愁，該送的朋友都討饒的叫夠了夠了。涼拌、醋溜、鑲肉、青炒、煮湯，後來女兒也告饒，好不好今天飯桌上不見黃瓜。

我也學聰明了，再不弄那些繁複的煎煮炒炸，只削了皮一破兩半，然後隨自己的興把長長的瓜剁成兩段或三段，幾刀切成長條，就這麼青白素面的端上桌。嚼膩了那些厚重調味的大魚大肉，嚐夠了那濃稠勾芡的油鹽醬醋，抓起一條原汁原味白嫩的黃瓜，咬一口真是炎炎夏日裡一口清涼的脆冰，那份享受可是南面王不易的啊。要不就那麼一大盤瓜條，上面放一些冰塊，擺在桌上，走過的人順手撿一條，邊咬邊讚嘆著：「好涼爽的瓜兒啊。」那是我們家特有的白玉瓜。

拾葉

很多年沒有撿拾秋天的落葉了。小城的樹葉到秋天變紅的也只有那幾種，該撿的都撿過了。看著滿地年年相似的殘葉，如一齣每年上演的老劇本，終究失去了那點新意。

今年秋天到女兒家作客，她住的地方因著溫濕的氣候與豐沛的雨量，落地的紅葉也變化多樣起來。晨走時不由自主的放慢了腳步，東張西望之餘忍不住彎下腰審視滿地的落英繽紛，進而憐香惜玉的撿拾起那一片片似乎尚有一息生命氣息的葉子來。

不同形狀的楓葉是數目最多的，秀麗的葉片像容貌出眾的少女，先天上佔了引人注目的優勢。黃色的帶有一份早凋的淒清，紅色的還透著生命的絲縷，撿拾之間有時還真不易取捨。一戶人家前院的草地上，一株與人齊高的小楓樹，驟然間擄獲了我向地面搜索的目光。滿樹鮮紅如少女嬌嫩紅撲的面頰，在晨風中輕歌曼舞，年輕的生命沒有一片肯早早飄落。我像做賊般快速摘下一片來。或是因著它未沾塵土的鮮嫩吧，在眾多紅葉中它獨顯鶴立雞群的醒目。細長的梗頸有一柱擎天的氣勢，葉面還沒有明顯的脈痕，是少女沒有一絲皺摺的肌膚。因著它出塵的美，後來我又特意繞道去尋找，整顆樹的葉子竟然在一夜驟來的風雨中凋落殆盡，留給我一份空留回憶的惆悵。

有一種叫Cherrybed的樹，它的圓尖形葉片轉紅後像打了蠟般的光潔，有些沒有紅透而早落的葉片，中間一圈淺黃摻綠的配色，猛一看像蝴蝶翅膀上的花紋。

一片小小的黃葉，緊靠葉柄邊緣處鑲嵌了一小塊的嫩紅，像頑皮的小女孩偷了媽媽的胭脂，倉促間抹錯了地方般的讓人憐愛。

拾到那片不知名的三瓣褐色的葉子，葉面零落的斑點散佈在棕色的葉脈紋路間，恰似滄桑老人臉面歲月的刻痕，說不出一份無可奈何的淒涼。

有些剛拾來時極端美艷的紅葉，收乾後卻褪成完全平板的土褐色，一葉葉似在向我宣告「我本該歸還給塵土，誰讓你這人多事的。」

把女兒家的收藏帶回小城跟多年前的紅葉互相對照，歲月完全沒有給這些葉子分劃出新舊來，竟然也沒有發現兩片完全相同的葉片。不見滿樹的綠葉都一個樣子嗎？還是人眼不能窺透那一葉一世界的奧秘呢。

曬衣樂

以前在小城的住家有一個寬大的後院，靠籬笆種了幾株玫瑰和紫茉莉，另一邊籬笆原來有一棵高大像桑樹的，後來嫌它枝葉亂竄，一點品味都沒有，花錢請人連根挖除了。那幾棵玫瑰和紫茉莉，就更襯出院子的空曠和寂寥。小城明亮的藍天白雲，又特別關照那院子般的，一年三百六十五天，倒有三百天，日日籠罩著後院的每個角落。每次洗好衣服，總想著能在後院牽根繩子，晾上洗好的衣服，在陽光的照耀，清風的輕拂下翩然動盪，該是怎樣一幅美麗的畫面。但是後院的籬笆圍牆只有六尺高，畫面雖美，到底有春光外洩的顧慮，加上從小是六個兄弟姊妹中的老大，每天雙手跟洗衣板努力交戰，一大盆衣服洗完，已經累得手軟腳痠，還要一件件晾在竹竿上，我人又長得矮，常常要搬個小板凳爬上站下的。如今雖然洗衣機用了許多年，但是那份遙遠卻辛苦的記憶終於打消了牽繩曬衣的念頭，白白辜負了小城二十多年寬大的後院和美麗的陽光。

搬來達城，住家後院小了一半，又被連接屋簷的迴廊和廊外的兩棵大樹佔去了一方天地，要抬著頭張開眼仔細搜尋才能從樹葉的縫隙間找到一絲飄忽的陽光。一年後找人把兩棵大樹的枝葉大刀闊斧的修剪了一番，如今總算每天能跟明亮的陽光有直接的交應。

有一天朋友來訪，在迴廊下喝著茶聊著天，忽然藍天上飄來一層黑雲，朋友慌忙的要趕回家，原來是怕下雨淋濕了晾在後院的衣服。

「我從來不用烘乾機烘衣服，太陽曬乾的衣服有一股特別的香氣。」朋友邊出門邊說著。想到我們家的烘乾機自從搬家後，不知是不是管子沒有連接好，每次烘衣服就有一股鬱悶的熱氣，遊走在屋子裡。為什麼我不在後院曬乾衣服呢，現在後院的圍牆有八尺高，就是打籃球的高個子踮著腳也看不到院裡的乾坤啊。

那天陽光明媚，我央求先生在兩顆大樹間牽一根粗繩子，把洗好的一盆衣服捧到後院，一件件用雙手抖動一番，穿上衣架掛上繩子。最後拉拉衣袖，扯扯褲角，讓每件衣褲都沾上一份關心。站開一段距離瞇起眼睛欣賞自己剛完成的作品，竟然有一份小小的成就感。

幾次走進後院，看在風裡擺動的衣裙，在陽光裡閃亮的紅藍白綠，心中湧起一份無言的感動。

夕陽西下，是收衣服的時候了。一陣風把樹上不知名的白色碎花飄落下來，恣意撒在我穿的衣服和曬乾的衣服上，真是拂了一身還滿。我靜靜的佇立良久，領略那份自在飛花輕似夢的美好。

沒有聞到衣服有什麼特別的香味，但是每件衣服平直有序稜角分明，有模有樣的顯出他們不同的個性來。

可惜陽光對達城遠沒有小城的優厚，陰雨天是常有的事情。看看天氣預報，今天將是陽光普照的大晴天，我高聲歡呼：「洗衣服囉！」其實我是期待著那份曬衣服的快樂時光。

借錢

夏老在玻利維亞居住多年。像所有的中國人一樣，憑著吃苦耐勞的精神創下了一片天地。特別是他開的那家頗具規模的中餐廳，裝潢華麗菜色精美，門口有警衛站崗，因為玻國的高官要商經常去他的店裡用餐，連總統過一段時間也會去光顧一次。所以夏老在玻國的僑界算得上是舉足輕重的人物，同胞們碰到了難纏的事情，也都要去找夏老商量。

有一次一位同胞的太太犯了點事被員警帶走了。她先生托了多少人，眼看著到了晚上，急得他大街小巷團團轉。有人點醒他去找夏老吧。結果夏老帶著警察局長親自出面，才終於放了人。

這樣風裡來水裡去的人，老年退休後搬到小城老人公寓來居住。我們熟了常跟他開完笑：「夏老，您可是虎落平原啊！」他赫赫乾笑兩聲：「老伴過世了，拗不過女兒一再的催促，就來了嘛。」

夏老的女兒勸父親說：「您年紀大了英文又不好，支票也不會開，不如把錢存在我的戶頭裡，我來替你管理。」女兒加強了語氣：「美國好多壞人組成各種機構，專門騙老年人的錢，可厲害了。」

夏老聽從了女兒的勸告，自己分文不留的把錢全部存入女兒的賬戶，每個月女兒給他一定數目的零用錢。

起先這筆不算小數目的金錢，到也足夠夏老開銷的了。日子長了夏老認識的新朋舊友多了起來，寂寞的他喜歡跟朋友們出去吃吃飯，坐坐咖啡館，逢到節慶他還要請個客送個禮。他嫌成人學校學英文速度太慢，自己請了英文家教每週三次來公寓上課。這些開銷加上向來大手大腳慣了，那筆錢就捉襟見肘月初用不到月尾了。

有一次夏老跟我們這些人說起來：「雖然是我自己的錢，也不好意思常跟女兒伸手。」夏老嘆口氣：「唉。我這輩子哪有伸手跟別人要過錢呢。」

我們建議讓女兒把零用錢加多一些，他說女兒怕他將近八十歲的老人家，家裡或身邊放那麼多錢，太不安全了。

有一次從朋友處輾轉聽到，夏老的女兒其實是嫌父親有太多不必要的開銷，譬如公寓有現成的三餐，還要跟朋友出去花錢吃飯，譬如那麼多人都到成人學校上課，那裡用得著自己花錢請老師呢。

有一天夏老的女兒忽然打電話到我們家，劈頭就問一句：「我爸爸有沒有跟你們借五百塊錢呀？」先生反應還算機智，這突然而來的電話有些不尋常，就回答說：「我不清楚讓我問問太太看。」就在這時電話裡來了夏老語氣急切的插撥：「我女兒如果打電話問我有沒有跟你們借過錢，你告訴她我有借過的啊，一定要說我跟你們借過五百塊錢啊。」

先生把電話轉回到夏老女兒的線上：「我太太說是有借過五百塊錢。」

「爸爸每次跟我要錢，我都給他的呀，怎麼還去跟你們借錢呢？他一個人哪裡用得著那麼多錢呢。」

那次的借錢事件之後沒有多久，夏老就中風一病不起。我們去醫院看他，插著胃管喉管，只有兩個眼睛遲緩的盯著我們左右轉動，像是在努力辨認著我們是不是他認識的朋友。

夏老再也不用伸手向女兒要錢了，當然更沒有借錢插撥的電話了。我的眼眶一下子濕潤了起來。

疼痛

我是一葉扁舟，在疼痛的海洋裡遊走多年。總是風平浪靜的時候少，驚濤駭浪的挑戰多。夢想著有一天能把那如張牙舞爪貓般的疼痛，小心雙手捧起，順著它的毛髮溫柔梳理，讓它發出輕柔幸福的唔唔聲。那也許就是朋友說的，學習與疼痛和平相處的境界了。

十七歲那年第一次受到牙痛的襲擊，被折磨得一夜睜眼咬牙捧腮到天明。父親看著這不成人形的女兒，帶我到眷村的醫務室。醫生一針痲藥一把鉗子，拔去了我的牙止住了我的痛。那是記憶裡最早跟疼痛的一次過招。

其實早幾年每個月就要受一次專屬於女孩子的疼痛。起先是小鍋小灶的還經得起那份慢火的煎熬，後來漸漸嚴重會痛得腸胃都打了結般的要吐得不行。後來我做了小學老師，年輕逞強的我不肯請假，學生也都體諒老師每個月一次的生病，乖巧的坐在課桌椅讀書寫字，我面色灰敗的趴在前面的桌子上。一次巡課的教務主任看到了，以為我得了什麼重病，要我務必趕快去就醫。沒等我解釋學生們七嘴八舌說：「老師每個月一次生的病，一天就好了，沒關係的啦。」

退休那年動了次大手術，清醒過來覺得渾身燒灼的痛。護士小姐遞給我一個口哨般大小的東西，「痛的時候就按這裡。」那是連接在點滴線上的止痛藥。第二天下床行走，護士來幫我換點滴袋子，她帶著驚詫的表情：「妳沒用止痛藥？」我忍著痛搖搖頭。她後來跟別的醫生護士們說起這個不怕痛的老太太。不是不怕痛，該是忍受疼痛的能力比幼嫩的十七歲老練了許多吧。

身體的疼痛隨著年齡節節增加。頭痛、脖頸痛、肩膀痛、手肘痛、手指關節痛、胸痛、胃痛、背脊痛、髖骨痛、膝蓋痛、腳後跟痛。它們剪不斷理還亂地纏繞在我身體的各部門，把我的身體從旅館住成了家。不能像牙痛那樣用鉗子拔出，不能像腫瘤那樣一刀切斷。它們不先通知沒有預約的來來去去。有時突然消失了幾天幾月甚至幾年，總能像迷途的孩子找回家來。它們偶而也會走親戚開宴會；正開心著今天膝蓋不疼了，原來是到上城的肩膀去作客；以為手腕終於沒事了，卻是到下城腳後跟去串門子。

既然疼痛是生命裡不能避免的過客，我也就學會了一些因應的方法。它們來時我小心伺候。該擦藥的、該熱敷的冷敷的、該按摩的、該推拿的、該針灸的、該做復健的，除了少吃止痛藥其他一點不敢怠慢。

身體的疼痛只要不是絕症，總還有治療的方法，至少能有減緩疼痛的程度，存在著某種能夠忍受的希望；心靈的傷痛沒有藥物沒有期限才是最難承擔的。

父親得了失憶症後，有段時間每天半夜摸黑走進廚房找東西吃。他已經忘了開關在那裡，卻能找到我為他預備在飯桌上的餅乾和開水。他慢慢摸索著坐在椅子上，微微躬著背兩隻手肘靠上桌面，一條腿疊在另一條腿上。一切準備工作完成，他心滿意足悠閒自在的吃起餅乾來。那麼一幅單純享受美食的畫面，總讓我看著看著眼裡盛滿了淚水，心裡裝滿了疼痛。父親過世多年，那幅畫面逐漸淡化模糊，心裡的疼痛卻是雕刻的版畫不曾淡遠。

那幾年女兒先離婚，兒子跟著分居。女兒帶著傷痛的心回家小住。她的房間在隔著客廳的另一邊，我每天深夜踮著腳走到客廳坐在沙發上，傾聽女兒輾轉的輕泣。每一個翻轉像撐開了床墊的彈簧，沉重的敲打在我的心上；聲聲輕泣像串串電流，燒動我每一根繃緊的神經。我靜靜的坐在黑夜裡，就這樣覺得分擔了女兒的一些些傷痛。

兒子在媳婦搬出去那天夜裡，撤退了所有的防護面具，擁著我的肩膀，一聲淒涼的「媽」，接著嚎啕大哭。幾十年沒見兒子掉淚的母親，一顆顆的淚經過歲月的歷練，帶著驚人的強勁，穿透母親的肩膀滴透到母親的心裡，母親的心有了千瘡百孔的疼痛。

十幾年歲月流轉，女兒還原了歡顏，兒子媳婦也恢復圓滿的家庭，我那從不為人知心靈的創痛，在深沉無眠的夜裡還會向我展示那受傷的斑斑痕跡。

人生苦短，疼痛路卻是漫長的；一直要走到體驗了別人的疼痛，才像找到了分擔的肩膀，自己有了些舒展的空間。

很多年前跟同事們去醫院看望一位得了癌症的朋友。走進大門就聽到撕裂人心的喊叫聲。同事們彼此互相安慰，他住六樓的病房，一樓當然不能聽到他的聲音。那時的止痛藥也許功效沒有今天的好，也許他的痛已經到了不是藥物可以止住的地步，那聲音真是發自他的喊叫。那次造訪後，我對自身的疼痛有了些寬容的心情。

退休多年後搬來達城，每週一次去教會學英文。有次課間休息師生閒聊，老師說起他的太太，年輕時因為脊椎彎曲，在骨節間裝了兩個金屬的環套做支架。年紀老了骨節退化，金屬環套壓迫到神經，他太太要承受「每天持續不斷的疼痛，站著會痛坐著也痛，有時連躺著都痛。」而那致命的金屬物體又不能取出，那會讓她的脊椎骨完全鬆塌。「那不是一般的痛啊！止痛藥吃得……」老師說到這裡一灘老淚湧上眼眶。

在那一幅心靈與肉體交織疼痛的畫面比照下，我所有的種種疼痛忽然間風清雲散不過是一幅陪襯的風景。

一位常常跟我在電話裡分享疼痛經驗的老朋友，有一次對我說，能治療的疼痛要早早剷除，不能斷根的就學習跟它和平相處吧。話猶響在耳邊，今年的中秋夜遭逢車禍突然過世。她的兒子流著淚在電話裡說：「至少媽媽再也不用忍受疼痛的折磨了。」

在與疼痛抗爭的漫漫長路上，我失去了一位親密的夥伴。每每夜半被疼痛吵醒的時候，我懷念這位勉勵我跟疼痛和平相處的老友。

她沒有告訴我，該怎麼消除為思念老友而升起的心痛。

告別長城

我們攀爬了漫漫的長城路，從貼地的第一塊磚石到插上雲霄的頂峰。從徒手堆磚的築城工人到站立城頭迎風眺望的遊客。二十三年的攀爬建構，長城的一磚一石鋪陳了我們一生的辛酸。如今站立城頭望向蒼茫的來時路，漫漫長坡不同的螢幕上一一映現出那古老卻又新穎的故事。

長城是我們在小城經營了二十三年的一間中餐館，開店當初就跟先生約定最多只開三年，只要經濟略有基礎，就回去做自己喜歡的事情。我們除了偶爾上館子做客人外，實際上對經營餐館是一竅不通的門外漢。那年朋友一日三急電的邀約，拍胸脯保證一切包在他身上，最後連來看看不買店也沒什麼關係的話都說白了，先生這才買了機票成行。讀小學三年級的女兒一再叮嚀，爸爸只當是出門度假一次，開店的事千萬不能答應。

女兒反對開店是有原因的。她同班有位父母開餐館的同學，每天生活的天地就在學校的一張課桌椅和餐廳角落的一張餐桌之間。那張餐桌更是包辦她做功課，吃飯睡覺的全部家當。餐廳打烊後父親抱著沉睡的她放回家裡的床上，第二天她多半穿著昨天那件打滿皺摺的衣服，坐回教室的課桌椅上。

開餐館是女兒內心深處揮不去的夢魘，但是先生一通電話把女兒的夢魘推演到現實的檯面。

這麼多年過去了，終於漸漸瞭解先生當初決定開店的原因，除了他不喜歡當時的那份工作，主要是想給家人快點建立一個比較安適的生活環境，開餐館在那時似乎是唯一可以立竿見影的快速捷徑。於是我們有了三年之約，也是用這樣的理由說服了堅決反對的女兒，跟隨我們千里迢迢搬遷到小城來，大她兩歲的哥哥只把搬家當旅遊般興奮著，開不開店跟他一點關係都沒有。

二十三年前那個五月的黃昏，我們的車開進了小城的郊野，西天的斜陽毫無遮攔的照射著一望無際的大荒原，一叢叢散落如墳堆的黑枯樹枝是荒原上唯一的風景。我的心頭一時兜上西出陽關無故人的悽惶。我們從滿樹青翠山茱萸花盛開的亞特蘭大城來到荒涼淒冷的小城。

沒有多餘的錢裝修改名，一切因陋就簡用原來的「長城」開了店。

朋友是大廚，先生是他的下手，我是朋友太太前廳的幫手。我和先生是幼稚園的起步生，每天小心勤奮的學習，不敢稍有怠慢。

第一個星期，我每天半夜被腫脹的雙腿抖動得痛醒，不敢驚醒比我更勞累鼾聲如雷的先生，悄悄起身到客廳去按摩揉搓。一次響動吵醒了隔壁的女兒，貼心的女兒用她的小手幫我用力的按揉，一邊淚眼涔涔的「媽媽，不要開店了，還是回去上班吧。」我再次告訴女兒就讓我們辛苦三年吧。

一年後朋友絕然而去，三年的諾言灰飛煙滅。買店的頭款用罄了僅有的積蓄，每月的分期付款和銀行的貸款加起來是一筆天文數字。我們攀爬在長城的道路上只能前進沒有後路。我們不能兌現當初答應女兒，我們有合夥人可以每天回家給他們做晚飯，陪他們做功課的諾言，如今連女兒寂寞幽怨的眼神都難得有照面的機會。女兒的夢魘以不同於她開餐館同學的故事內容，一齣齣在不同的舞台背景上演繹出來。

正是狗都嫌的年齡的兒子，在家園如同無人的荒島上要扮演唯一的尊王，女兒是他旗下唯一的臣僕。先是嘻笑逗鬧的假戲，漸漸演變成真做的打罵。女兒當然不是壯實哥哥的對手，幾番挫敗傷痛，她只好在電話裡求救。被女兒哭聲打亂了心緒的我，上錯了客人的飯菜，找錯了客人的零錢。遠水救不了近火的勸告著女兒忍耐著等我們回家。回家後看到臉上帶著淚珠和衣而眠的女兒和躺臥床上手中還拿著武器的兒子。先生用那才放下鍋和鏟的雙手，一手抓起睡眼惺忪的兒子，一手拿起雞毛撣子，在兒子的胳膊上炒出今天最後的一盤青椒肉絲來。先生當然知道這樣可能換來兒子對妹妹更嚴厲的報復，但是被火炙煙熏刀鏟鍋碗攪和了一整天的他，再沒有多餘的精力去思考那種失控行為的後果。

我們苦心經營的長城，把一個原本歡樂的家園變成戰爭的場地，讓一對親密的兄妹成了冷漠的陌生人，也間接的淡化了我們跟兒女間的親情。

每天，我帶著無奈而有些厭倦的心情打開長城的大門，門裡有永遠包不完的春捲，捏不完的餛飩，切不完的肉，洗不完的菜，剝不完的蝦，還有那炸不完的咕咾肉、甜酸雞、脆皮蝦。像長城砌不完的磚塊泥土，永遠盼不到完工的一天。

每逢先生犯腰痛的毛病，我進出前廳與廚房，看到他躬著腰忍著痛緊靠著爐灶翻動沉重的鍋鏟，我的淚水不聽指揮的滾落到客人的菜盤裡。

永遠有挑毛病的客人，說雞肉是豬肉，說蝦不新鮮，說配的酒太清淡。一副大爺花錢找碴的樣子。我原本木訥內向的個性，除了哈腰陪不是，只好躲進廁所擦乾眼裡的淚水。

晴雨風霜輪替的日子，我們奔馳在長城的風塵煙霧裡，盼望著陰霾散盡陽光普照的日子。

兒子讀初二的暑假我們送他去小城教會辦的夏令營，從此他與教會結緣深深。信教的孩子不會變壞，教會的活動佔據了跟妹妹的衝突時間，我們也放心許多。

大學二年級的時候，兒子忽然提出轉學去讀教會學校的要求，我們才知道跟兒子的距離如江闊雲深，我們從開店那天就走出了家門，不但走出了兒子的現實生活，也走出了他的心靈世界。

我們只是像所有在海外的中國人一樣，希望孩子們有一個更好的成長和學習的環境。我們告訴兒子一定要把基礎的大學教育讀完，然後他絕對有權利選擇自己要走的道路。兒子卻認為我們違背並且沒有支持他的願望，我們用斷絕經濟的支援來斬斷了他奔走的前程。

我們跟兒子如陌生人的關係持續著，直到兒子結婚，我們做了祖父母。靠著小孫女的牽手，漸漸找回來跟兒子之間的熟悉。

女兒的路走得沒有那麼迂迴，但是也是到高一暑假才不再憤怒的追問我們，為什麼當初要開店，為什麼開店後又不遵守三年的諾言。

高一暑假她在店裡打工一個月，終於體會到搬磚築城的辛勞。有一天晚上回家，她撫摸著疼痛的雙腳，想起小時替我揉腳的往事，讓我們一時都紅了眼圈。

到外地讀完大學的女兒，經歷了獨立生活的體驗，懂事成熟了起來。她終於體會到擁有哲學碩士學位的父親和大學畢業教書多年的母親，為什麼這樣甘心於在這油漬煙漫，錢鈔翻轉的日子裡遊走多年。有一次竟然用那句「人在江湖身不由己」的話來調侃我們。兜了一個大圈子，女兒又回到了貼心的起點。

這些年幾次興起歇腳的念頭，反倒是當初堅決反對我們開店的女兒，勸我們說，做了那麼多年辛勤的築城工，如今該享受一點遊人的樂趣。

是的，長城如今規模已成型，不但欠款完全還清，戶頭裡也有了多餘的周轉金。廚房請了專業的炒菜師傅，前廳有了專門的經理，長城的生意穩定的成長。走過那麼多年的風霜雨雪路，終於行在平坦溫順的康莊道。

這些年不是沒有想到回去做自己喜愛的事情，只是在歲月為生命增添的刻痕裡，掩蓋了當年的青春爛漫。青春一去不復返，不只是詩意的惆悵而是生活的實踐。握著毛筆的手顫抖著傾訴疲勞，溫書的雙眼乾澀的抗議透支。喜愛高談尼采和柏拉圖的先生，早就失去了知音的聽眾。

我們是兩棵連根拔起移植到小城的樹木，二十多年轉眼過，小樹苗長成了大樹枝。習慣小城的風沙雨雪，聽慣了外語土音。偶爾在夢境裡悠忽間遠遠傳來數聲召喚，不知那是當年亞特蘭大朋友的聲音，還是台灣老友的問好。

當初曾經那麼厭惡的長城，如今有了一份不捨與親切。撫摸著一桌一椅一盤一碗，都透著熟悉的溫度，掛在牆上巨幅的長城秋色刺繡圖，也頻頻對我們投射出不捨的凝視。

這些年踏進踏出長城大門的老客人，有些已經像是自己的家人般，一天沒有照面就要電話問候，或是家庭訪問。他們營造出一句共同的語言：「你們怎麼可以退休呢，長城是小城的一塊里程碑，永遠樹立在小城人們的心裡。」

但是我們築城的手已布滿老繭，迎風的髮梢飛上白霜，向陽的面頰打滿皺摺。長城讓我們從豐沛的壯枝茂葉，攀爬到如今的老藤枯梗。是該退出江湖的時候了。

再一次推開長城厚重的大門，門外是小城明艷的藍天。我們終於走出了城外，把城裡的一切留給年輕的他們。

再見了，長城。

調酒生涯

我們答應孟先生的要求跟他合夥開店以後，他在電話裡就一再交代先生，說是難得賣店的凱小姐願意讓我們繼續用她的酒牌，「申請一張新酒牌可是天價，好好教教你太太，將來在前面可以從簡單的調酒做起。」

先生讀研究所的時候在洋餐館打過工，他告訴我調酒先要記住幾種基本的酒名：Gin、Vodka、Scotch、Bourbon、Rum。我為了牢記特別翻譯成中文：松子酒、伏特加、威士忌、美國威士忌和藍姆酒，就是背英文也不到二十六個字母，再說孟先生夫婦餐館工作經驗豐富，自己又開過店，孟太太當然是個中高手，開店後我小心從旁學習，做個稱職的副手就是，並沒有刻意用心去學習。

第一次獨當一面，服務生點了最簡單的Gin Tonic。看著那排列成軍隊般等著檢閱整齊的酒瓶，好幾個酒瓶上都有Gin。眼看服務生那期待的眼神，我決斷的隨手拿起一瓶，心想都是Gin嘛，能差到哪裡去。

孟太太這才把我從幼稚園小班教起。她說美國的烈酒，就是先生教我的那最基本的五種，每一種都有call brand（名牌）和bar brand（普通牌）的分別，像女人用的皮包，名牌和普通牌子價錢差別可大了。客人不點明牌子，就一概用最便宜的普通牌。「妳用了幾倍價錢的Beefeater Gin，可不能再犯這種錯誤啊！」一種松子酒有那麼多不同的品牌，加上伏特加，威士忌和藍姆，遠遠比二十六個字母要多出好幾倍。

孟太太解釋中國人說的「酒」一般是指高粱、茅台、五糧液、二鍋頭……等等，我們餐館是不賣的。我們賣的「酒」有烈酒、啤酒和wine的分別。前面說過烈酒有名牌跟普通牌的區別，啤酒和wine各自又有本國貨跟進口貨的不同。烈酒加些果汁蘇打就是名目繁多的雞尾酒，像Blood Marry、Pink Lady、Screw Driver……我們店還有中國餐館特有的雞尾酒，Mai Tai、Scorpion、Fog Cutter、Love Portion……另外啤酒和wine比較簡單，只要記得名字和價錢，到時不要拿錯就好了。「還有飯後的甜酒，等我以後再慢慢教妳吧。」

這才知道自己一腳掉進了調酒全書的大海裡。我非常用心的撐著小船大海行舟不敢再有半點馬虎。開車的路上，坐車的位子上，吃飯的桌子上，睡覺的床上，我都在默默背誦：「Scorpion」是松子酒加橘子汁加紅水；「Love portion」是伏特加加夏威夷混合汁上面倒一圈藍姆酒；Kahlua加Vodka叫做黑色蘇維埃，倒幾滴牛奶就是白色蘇維埃；藍姆酒加可樂叫Rum Coke，擠兩滴檸檬水就是Cuba Liberty；馬丁尼是松子酒加苦艾酒放一顆橄欖；威士忌加甜的苦艾酒放一顆櫻桃就是曼哈頓。這些書本上沒學過的東西，多虧孟太太細心的教導我，她說：「調酒這門學問，說大不大說小不小，專門到調酒學校繳學費學個一年半載的也大有人在。」

店裡賣得最多的是Mai Tai，杯子裡加滿冰塊，倒三分之一的藍姆酒，加滿三分之二的Mai Tai Mix，用調酒的鐵杯子扣上裝好酒料的玻璃杯，唰唰唰的搖幾下，冰塊撞擊玻璃和金屬的聲音清脆悅耳，往酒吧檯子邊輕輕一敲，兩個杯子分開了。兩分鐘不到一杯黃澄澄透亮透香的Mai Tai大功告成。客人喝得高興，一杯杯的叫，我輕鬆的一杯杯的搖，就這樣把客人口袋裡的錢搖進我的銀櫃裡。這種果汁多於酒精的飲料，不容易讓人喝醉。

有一天忙完了，孟先生擦著臉上的汗水走到前面說：「我在廚房炒個菜，要洗要切要醃要醬，再過油翻炒調味起鍋，多少的工夫多少的繁瑣，跟賣一杯酒能差多少錢？」最後他加大了嗓門，「你們要多多賣酒啊。」

服務生大力向顧客們推薦說，店裡的Mai Tai Mix是我們獨有的配方，不是其他店買現成配好了的，「您嚐一杯看，包管您一定喜歡。」

Mai Tai Mix是孟太太每次親自在儲藏室獨自完成，我不知道裡面有些什麼寶物。有一次我隨意問起，她支吾其詞的樣子，使我明白那是她獨有的秘密。我不是愛探密的人，再說調酒的百科全書已經翻得我焦頭爛額，大可不必再添新的一頁。

孟先生夫婦跟我們合夥一年就離開了。我正發愁這Mai Tai Mix怎麼調製的時候，酒牌原來的主人凱小姐來接替了孟家夫婦的位置。我們有了新的合夥人，酒牌也該有物歸原主的喜悅吧。凱小姐年輕美麗，有過幾年在美國酒吧工作的經驗。她把調製Mai Tai Mix的配方隨手寫在紙頭上交給我：「這沒有什麼秘密，誰要學都可以的。」

店裡每天下午Happy Hour的時候，吧檯上七、八個人同時點的飲料各不相同，凱小姐不記不寫，跟客人聊著天談著笑，一個個杯子都裝好了冰塊排隊擺上了檯面。又是一番巧笑倩兮，她右手倒酒左手倒配料，擱下這瓶拿起那瓶，瀟灑的瓶罐換手之間，一杯杯的酒香料純送到了客人的面前，正是每個人要的沒有半點差錯。

她像一個畫家，拿起這枝筆輕巧的一撇，換上另支彩色隨意的一抹，彩筆飛舞間成就了一幅幅作品。客人們搖晃著冰塊，瞇著眼睛透視欣賞，抿一口發出一聲讚嘆。

原來調酒可以是這樣的一場藝術表演。我帶著無比崇拜驚嘆的心情，每次看凱小姐精彩的表演，想著這輩子只有這樣欣賞的福氣。沒想到幾年後自己倒也能差強人意的如魚得水般瀟灑起來，大概凡事只要肯學總是熟能生巧的。

凱小姐跟我們愉快的合作了五年，直到她自己開店才分手，我也就花了一筆錢把酒牌換成了自己的名字。

開了二十三年的店我們退休了。接手的店主要求先用我的酒牌，等以後賺了錢再換名字。我當然滿口應允，當初凱小姐不是也讓我們先用她的酒牌嗎？我交代他們一如當初凱小姐交代我們一定要遵守的兩項規則，一是按時繳稅，二是不賣酒給二十一歲以下的未成年人，只要違反了其中的一項，就有被罰重金或吊銷酒照的後果。

我們搬離小城一年多後的一天，老闆娘打電話來說賣酒出了問題。她把酒賣給了一個員警派來做探眼的十六歲女孩子。「是我自己一時迷糊了，不過那女生看著真比實際年齡大，不好意思要麻煩您回來一趟辦一些手續。」

我飛回小城簽字註銷了我的酒牌，為我的調酒生涯劃上永遠的句點。調酒生涯原是夢一場，我輕鬆揮一揮衣袖沒帶走半滴酒糧。

蒙古烤肉的滄桑

開了二十多年的中餐館，教會了美國人吃蒙古烤肉。

我們在小城開店，來吃的都是本土美國人。開始的時候點的都是雜碎炒麵、甜酸雞、甜酸肉之類的廣東菜。這些最早登陸美國的中國菜，替中餐館開了一條容易賺錢的道路，怎麼好吃卻是說不上的。

後來隨著四川湖南的菜式進軍美國領土，客人們開始點些比較上道的中國菜，像香乾肉絲、木須肉、辣子雞、魚香茄子等等。他們會咋咋嘴唇抹抹口角，原來中國菜有這麼好的味道。

合夥的凱小姐有創新的想法，我們成為小城第一家有蒙古烤肉的中餐廳。

凱小姐特別回台灣去觀察每一家烤肉店，回來後仔細規劃。訂做了專用的大鐵板和火爐。她開玩笑地說，火爐是靈魂，鐵板是實體，少一樣就炒不出好吃的蒙古烤肉來。

成塊凍硬的雞肉、豬肉、牛肉、火雞肉，都用機器刨成幾近透明的薄片。近十種新鮮菜蔬——洋蔥、白菜、高麗菜、芹菜、紅蘿蔔、筍絲、荸薺、青椒、蘑菇，和醬油、鹽巴、糖、蒜汁、麻油、辣油等佐料，任由客人自己挑選擺放。然後看著自己初步的創作由師傅在火熱的大鐵板上加工成熟。

烤肉絕不是多麼味美的中國菜，但是從炙熱的鐵板上撥到碗裡的那一剎那，熱氣蒸騰香味撲鼻，迥異於從廚房裡端出來的京醬肉絲或是蘑菇雞片；還真有它一種獨特的風味。

就拿我們員工開飯的菜來說吧，廚房師傅炒一盤，烤肉師傅也炒一盤。每次那盤蒙古烤肉總是大家的最愛，搶著吃得盤底朝天。有一天廚房師傅看著剩在盤子裡的青椒肉絲，有些不以為然的說，把烤肉的料端來廚房，看我用快鍋炒給你們吃。那麼大火的炒鍋，師傅快手的翻炒，結果一碗湯湯水水的雜碎端了出來。這才知道烤肉實在不全靠師傅的手藝，那塊熱度適中的火爐和恒溫不散的大鐵板，這靈魂與實體完美的配合才能產生出那麼特別的美味。

烤肉在店裡撐起了半邊天，客人端著碗排著隊等著靠近那熱氣蒸騰的大鐵板。

一個六歲的孩子跟著父母點烤肉。他拒絕父母的服務，自己站在椅子上挑肉撿菜。轉眼二十幾年，長大的孩子帶著自己的太太孩子，還是店裡的常客。每次他感慨的跟我們說：「我走過很多地方，吃過很多蒙古烤肉，有的店還裝潢得非常高級漂亮，但是你們店裡的味道是最正宗的。」

那時節真是蒙古烤肉的青春茂盛期。那麼個小城在我們第一家烤肉店之後，大大小小前後開了有六家。蒙古烤肉像是當紅的小生很是風光了一陣子。

再紅的太陽也有墜落的黃昏。這些年中餐廳大多走上管吃飽的「buffet」形態，廣告上常常誇口有上百樣的美食隨你挑選管你吃飽。人們趕時髦的在熱食冷食的櫃檯間穿巡來往，一趟又一趟。在餐廳一個不起眼的角落擺放著一個烤三明治的小平鍋，旁邊一個不銹鋼櫃檯，放些冰塊上面有病懨懨的肉和一些過氣的菜蔬，抬眼望去竟然掛著蒙古烤肉的招牌。不禁讓我興起逝水年華的悲嘆。什麼時候蒙古烤肉淪落成餐廳一角的雞肋，食之無味棄之可惜啊。

感謝我們退休十年，沒有親身經歷到蒙古烤肉衰落凋零的老邁景況。

如今定居的達城，有美國人經營專賣烤肉的連鎖店，我們去吃過一次。

店裡放的是高腳桌椅，給年輕人翹著腳落座。菜式的內容比一般蒙古烤肉要豐富很多。肉類裡加了魚和蝦，菜蔬裡有豆腐木耳什麼的。不是火熱的大鐵板，而是有些傾斜角度圓桶般的鐵皮鍋。客人碗裡的所有內容往鐵皮上一倒，湯汁就向下溜走，稍稍撥動兩下就用個大碗一蓋。燜熟的食物又乾又硬，味道早就跟隨湯汁跑光了。我挑了一塊魚肉，回鍋燜了兩次還是沒有熟透。這種變了調的烤肉，好在沒有用蒙古烤肉的招牌，翻成中文是成吉思汗的爐灶。

長江前浪推後浪，蒙古烤肉再不是我們當年開店時的當紅食品，如今是半老徐娘半遮面，真不容易看到她的真面目了。小城也早就吹起了「包肥」風，一家家中國店改成了「buffet」店。看著我們那老字號的蒙古烤肉店，在新老闆順應潮流的改革中，走入歷史的框架，令人不勝唏噓備增感慨。

不知那位從六歲開始自己調配烤肉的客人，現在還能吃到正宗的蒙古烤肉嗎？

美好的老日子

一對老夫婦推開門進來看到我，先生高興的叫起來：「妳回來了啊，是美好的老日子轉回來了嗎？」

從餐廳退休後四年多了，接手的老闆因為缺少人手，要我臨時來幫忙幾天。這對夫婦是當年每週必來兩次的老顧客。

知道我只是臨時工，太太給了我一個熱情的擁抱，「真高興看到妳，希望妳常來做臨時工，讓我們能再回味the old good days。」

＊　＊　＊

高大壯健的他把賬單和信用卡交到我手上。「還記得我嗎？」

那一雙慧黠的眼睛和滿臉的雀斑，讓我立刻認出他是當年他父親口中永遠十二歲的男孩子。

店裡的蒙古烤肉十二歲以下的孩子算半價，來了好幾年，他的父親每次告訴服務生他剛滿十二歲。

有一次他自己嘀咕著：「爸我早過了十二……」那歲字還沒出口，父親就專橫的用那句老話截斷了。

是每週至少來一次的老客人，沒有認真去計較。何況能活在永遠的十二歲，是件多麼美好的事情。

「你長大了，早過了十二歲吧。」

他笑著紅了臉，告訴我早長大了，如今是一家頗有名氣的園藝公司的老闆。

問起他的父母親，他搖搖頭說跟母親結婚三十年的父親有了女朋友，四年前跟母親離了婚。

我感嘆著美好的老日子一去不回了，他笑笑說：「常去看媽媽。媽媽過得不錯，她說要創造美好的新日子。」

* * *

先生推著坐輪椅的太太進門來，看起來有些面熟。

輪椅上的太太緊握住我的手。「還記得我們嗎？我們的女兒以前帶我們來的。」

我想起來了，他們讀大學的女兒每星期來店裡兩三次，偶爾會帶父母一起來。女兒大四要畢業的那年，得了癌症住在醫院裡，那次他們帶來一張精美的謝卡。「我女兒在病床上寫的，交待一定要送到妳手上。」

卡片上簡單的幾句話：「謝謝你們的餐廳在我讀書的年月裡，提供給我最好的食物場所。」

我不能忘記做母親的遞給我卡片時，眼裡流動的淚水。

不敢問起他們女兒的情況。做母親的再次握住我的手，聲音透著哽咽：「女兒走了兩年了……」

美好的老日子裡，有時也交錯著許多無奈與辛酸。

風雨故人來

刮風下雨的日子，悶坐家裡百無聊賴，有那種江闊雲低壓頂的鬱悶。一聲門鈴響撩起一股希望，這時就是有個來募捐的人都是好的。而門外站的竟然是剛才內心想著要打電話跟她聊天的好友。她收攏雨傘，抖落裙擺上的水珠，對我笑出一臉的陽光，撐開江邊的一線雲層。

好個風雨裡來訪的故人。

幾年前我還在開店的時候，也有一個故人造訪我的店裡。其實店裡回來的客人無數，這人卻是十年後才再回來造訪的特別人物。

午餐大家趕著用完餐回去上班，我在銀櫃前等著客人排隊付錢。一位西裝整齊的中年男士，付完錢沒有像其他客人走出門去，轉到銀櫃後面的酒吧台上坐了下來。

付錢的隊伍走完了，我轉回頭看見他。

「我找錯錢了嗎？」

「沒有沒有。」他伸手遞給我一疊鈔票「這是我欠妳的錢，欠了十年呢……是這樣的，十年前我到小城出差，回去那天中午到店裡來用餐，用完餐才發現公事包連同我的錢包都留在旅店裡。我的時間只夠我回旅館立刻趕到機場，妳當時一點不在意的告訴我下次回來再付。我沒有機會再來小城，直到十年後的今天。一路上我期盼著這店還在開，妳，也還在這店裡收錢。」

是十年前的故人，我連眉眼都記不得的故人，更不記得這人欠過多少錢。但是他像風雨裡造訪的故人，那和煦的笑容撐開了陰霾的雲層，為燦爛的陽光鋪陳出一條寬大的通道。

告別小城

終於要離開住了三十年的小城。這是我一生中在同一個地點居住最長久的城市。

選擇了春寒還未退盡的四月天，小城的藍天還是一樣的透亮清明，脆爽的空氣流動著春風的尾聲。避寒的加拿大雁群已經歸去，帶走了天空的鳴叫湖裡的推擠，還小城一份原有的寧靜。小城是朋友口頭掛著的「Peaceful」，最適合老年人居住「安寧」的地方，而我們這一對老人卻要捨它而遠行。

左右的美國鄰居前後都來問要不要幫忙，給我一個大大的擁抱，「這麼多年的好鄰居就要搬走了啊！」幾分唏噓幾分不捨。中國朋友還是吃飯敘餐，囑咐我們以後跟孩子們住得近了，多享些天倫之樂。週末的牌友房醫生笑著問：「以後我們到哪兒去打麻將呢？」一聲音裡透著些難掩的落寞。

出發那天，對人一貫週到的劉太太，九點鐘送來大包的食品。「蘋果和梨都削好了皮，連葡萄一起用鹽水泡過，三明治是全麥麵包做的，路上就不用特意停下來找地方吃東西了。」感性的她擁著我的肩：「好捨不得你們搬走啊！」眼淚跟著就流了下來。

相識多年住得最近的張先生一大早就來了，幫忙指揮搬家公司抬東西，看著我們的小狗不要趁亂跑丟了。直到中午過後都兩點多了他還不肯回家吃午飯，「這麼多年的朋友，一定要看著你們啟程。」

搬家公司的車子終於起動，我在空蕩的屋子裡做最後巡視。煙囪裡傳來小鳥清脆的啁啾，這些年牠們偶爾的清唱給單調的廚事增添許多樂趣，現在也來跟我道別離吧。

車子開出了好遠，回頭還看到張先生在明亮的陽光下揮舞著雙手。

* * *

出了城區，德州西北坦蕩的大平原迎面映入我們的眼前。今年雨水豐沛，遍佈平原一人高的小樹，都發了綠色的枝葉。棉花已經抽出了新芽，一顆顆小綠蔥頭般整齊劃一的匍匐在黃土地上。

一排排退換的景色，如一步步倒退的光陰把我帶回到三十年前那個五月的黃昏。

那年我們一家四口從亞特蘭大出發，經過兩天的趕路，終於在那個五月的黃昏開進了小城的邊緣。路邊枯黑的小樹稀落的站立在被落日薰紅的土地上，向我們伸出歡迎的雙手。八歲的女兒張大眼睛說：「我們怎麼來到這比沙漠還荒涼的地方？」十歲的兒子安慰妹妹說：「妳看那邊田裡一排排長得那麼整齊的植物，不會比沙漠荒涼啦！」那時我們還不認得那就是小城壯麗的棉花田。

進了小城才看到也有的人家綠樹成蔭，門前青草鋪地。那枯黑的小樹枝是城外無人照管的荒地，缺少雨水的滋潤。

我們是應朋友的邀約來小城開店的，說好幫他們兩年，等他們生意上了軌道我們就離開。那時我們還算年輕，不願意讓一個店綁牢了手腳。結果朋友一年後離開了，留下被小店綁縛了二十三年的我們。

從台灣來看望我的朋友，回去寫信來：「妳怎麼會住到要轉那麼多趟飛機，又是個鳥不生蛋的地方呢？」

我也用同樣的問題反覆的問自己，問了很多年。

生活一年一年的過去，小城的歲月漸漸像清晨消散的薄霧，一筆一劃倒慢慢給我寫出了些答案。

*　*　*

因為人口稀少又沒有工廠，小城少了污染的源泉，造就了它獨特翠亮的藍天，是那種丟一顆石子就能把穹蒼敲出個洞的透藍；空氣也隨著純淨清明起來，是那種吸到肺裡都能看到肺葉的清明。偶爾也會有一次變天，遠處平原的風暴把週遭荒地的沙粒捲起千層浪，帶著黃河之水天上來的氣勢。太陽躲在沙層上哭泣，淚水夾帶著沙粒鋪天蓋地的墜落。小城的人稱它沙暴雨「Dust Rain」。那種日子到底稀少，來時最多也就一天半日，船過水無痕的還小城原有的清明亮麗。

深秋初冬時節，有北方飛來避寒的雁群，把小城安靜的天空挑撥出鬧紛紛的畫面。湖水也被牠們攪和得像在開宴會般的沸沸揚揚。這景色常常讓我看得忘了自己也是小城的過客。

當地人叫作「Cotton Tail」的兔子是小城另一種風景。灰白色的小兔子，屁股上貼著一朵白棉花似的短尾巴，這是牠名字的由來吧。馬路旁竹籬邊，總有牠們的奔跑出入。晚上車燈的照耀下，牠們張著眼睛瞪著燈光，然後驚惶的逃跑，那朵蹦跳的白花兒讓我的心興奮舒活了起來；一天的疲勞都隨著那朵小白花遁進了草叢裡。

走出城區，才能看到壯麗的棉花田。朵朵白棉花站立在一尺高的枝幹上。分開看是一球球的棉花，整片看那深綠襯托出的純白迤邐到天邊，一片壯闊白色的海洋，在十月陽光照射下，散發出醉人的光芒。

聖誕節前後收成好的棉花，壓縮成像火車廂般的長方形，一節節排列整齊等待檢閱似的佇立在平原的遠方。開車經過總回頭頻頻張望，那一長列白色的車廂，似乎正向著另一個人生的方向奔馳著，只是聽不到它轟隆的聲音。

小城不是朋友筆下鳥不生蛋的地方，只是當時我完全沒有時間帶她出門觀賞這些小城獨一無二，其他城市難得一見的風景。

* * *

店裡的新客人成為老客人，老客人變成了老朋友。他來用餐也是來聊天問好，消磨一段美好的時光，成就一份君子的友情。他們讓小城在我們內心添加了一份沉重的份量。

當年牽著父母的手進到店裡的孩子，如今牽著自己的孩子走進店裡來。

當年雙雙出入而今形單影隻的他或她，在飯菜的馨香裡，尋找往年那雙深情的眼眸，在聆聽熟悉的歌曲中，要找出當年跟他對話的聲音。

店裡的員工從廚房的打雜做到前廳的服務生，再從學校的教室走進社會的大門，他們成為醫生、藥劑師、會計師、精算師、律師。各行各業都有理想的發展。他們總在節慶的日子寄來一張問候的卡片，或是過些時來一通問好的電話。

還有在店裡相遇相知成就了美好的姻緣的，我們是他們的證婚人兼主婚人。多年後，他們帶著孩子回娘家，為我們平靜的生活添加許多的熱鬧。

* * *

小小的店是一個小小的舞台，上演著人生的歡悲與離合。我們在舞台變換的佈景中逐漸成長老去，再沒有了二十三年前的長空萬里意氣風發。

當年一家四口進入小城，如今只有我們兩老守著店裡的歲月。

七年前我們走出了小店的大門，不再是忙著打理一切盡心招待顧客的主人，而是拉開前門進去被人招待的客人了。

熟識的客人說：「你們的店是見證小城成長的一塊里程碑，你們不能這樣把店擱下呀。」

所以我們沒有賣店，沒有換店名，讓幫忙我們十七年的師傅繼續守住店面，讓這塊里程碑繼續站立在小城的一個角落。

小城再好卻擋不住遠方兒女的呼喚。我們知道是該轉換人生驛站的時候了。

* * *

車子減速進入另一個小鎮，我打開劉太太送的三明治和水果，一股小城溫馨的氣息再度瀰漫開來。

再見了，小城！

我家「快樂」

那年陪伴我們多年的小狗Brandy過世了。在憂傷的氣氛瀰漫下，先生又因為要事需出遠門，想著我一個人帶著追念守著空曠的家，能再有個像Brandy一樣讓我能跟牠說話能牽牠走路的小狗就好了。

有一天在報上看到有隻只要二十五塊錢的狗。先生說那麼廉價的東西，那能有什麼好貨。去看了以後，先生跟那「次貨」還真有些緣份，牠跟在先生前後上跳下轉，左舔右爬的那份歡樂，像迷途的狗兒找到了舊時的主人。先生拍著牠的頭：「你真是條快樂的狗兒啊。」就這樣快樂跟著我們回了家。

那家男主人說：「這狗兒跟著我的女兒回家來的，趕牠也不走，所以沒有名字，沒有血統書。」

我們就叫牠快樂，我們不需要血統書；我們本來就不是要養什麼名狗的。

隔幾天先生出遠門，我每天帶快樂晨走。年輕的牠拉著不再年輕的我，一出門劍一般的直奔前程。脖頸被皮帶勒得喉嚨直發出「赫！赫！」重重的喘息，我在後面氣喘吁吁。牠毫不鬆懈的拉著比牠狼狽十倍的我，把我威脅利誘的話語當做耳邊風。

第二天我衣服口袋裡裝了些餅乾，我們彼此有了短暫的和平相處。到空曠的場地放開狗鏈，餅乾就起不了作用，連鑽石也不能引牠回頭望一眼。這黑身子鑲著幾塊白雲的小伙子，邁開細長的四條腿，真正快樂的遊走天涯。那天牠逛到馬路上，追奔著一輛小貨車，我從後面遠遠的追著牠。好心的司機停下了車，打開車門抱起精疲力竭的快樂。

那以後當然不敢再放開拉牠的鏈子。其實是牠每天早晨「拉」著我，總嫌我耽誤了牠的約會般急促趕路。我很懷念以前跟Brandy晨走的自在悠閒。都是小黑狗的家族，怎麼一個能是小鳥依人的溫柔，一個卻是田徑場上的飛毛腿。幾次下了決心不再做快樂的奴隸，享受自己平日輕快的晨走，但是臨出門總躲不過牠那祈求盼望的眼神，一遍遍跟我說：「今天我一定乖乖讓妳帶著走，請妳相信我這一次……」

好不容易盼到先生回來了，輪到他嚐做奴隸的滋味。先生倒是充滿信心的邊喘氣邊跟我打氣說：「年輕的孩子嘛，是頑皮些，慢慢就好了。」

有一次我們帶快樂出遠門，中途休息站停車休息。先生剛開車門，快樂一個奔竄跳了出去，頭也不回的直追高速路上的車陣。先生舉著狗縺呆若木雞。

不能怪先生不去追，快樂已經用超車速的奔跑消失在天涯海角。

以為就這樣丟失了跟我們相處才半年的快樂，兩個人快快的上了車。

剛開到休息站的出口，快樂張著大嘴巴喘著重氣，從戰場凱旋歸來般擋在車門口。先生憐惜著抱起牠來，天啊，牠前兩個腳趾都磨破了皮滲出了血水，好一個浴血歸來的戰士。

退休後打算搬來跟兒女住得近一點，在女兒家暫住著找房子。女兒家養了三條狗，不在乎多一個快樂。四條狗對三個人，我們只有人仗狗勢的小心伺候著。牠們喧賓奪主把屋子院子鬧翻了天，快樂過人的精力有了發洩的對象。

一天晚上四條狗合力撞開了邊上的籬笆門，女兒的兩條狗揚長而去。後來女兒說她那條最聰明的狗和快樂留守在籬笆門裡。我們不知道快樂什麼時候變聰明的，但是除了承認牠聰明，又怎麼解釋甩開繩索就漫天飛奔的快樂，對著洞開的大門卻不邁開一步呢。

快樂的改變就是從那次開始的。

我們找好房子搬到達城的新居，起先開門關門都防著快樂會開溜，後來發現牠對開著的大門似乎沒有邁步的願望。牠不關痛癢的前門望望，後門看看，車庫門伸伸懶腰，就掉頭回到屋裡。

我說是上次高速路上車陣的追趕，讓快樂認清了世態炎涼。那樣奔命的跑破了腳趾，卻沒有一輛車對牠有一絲青睞，從此對我們家這容身老窩才有了終身的認同。

先生說快樂是屬於晚熟的狗兒，現在真的比以前聰明了。

有幾件事還真不能不承認，快樂是懂事了許多。

家裡新買的沙發椅只告訴牠一次「no」，就把多年用沙發當床鋪的習慣徹底改除了。

飯桌上忘了收的飯菜，即使是好吃的紅燒肉，快樂看得眼珠子要掉出來了，伸個頭就能咬一塊，牠卻從不越矩。即使我們出門半天一日的，牠也耐心等著先生跟牠玩「握手」的遊戲。第一聲握手伸出了右前腿，再一聲握手伸出左前腿，第三聲才兩隻前腿同時放進先生的雙手。這是他們之間的絕活，然後先生一塊肉放進非常快樂的牠的嘴裡。

這一點女兒對快樂打了一百五十分。她說在她漫長養狗的歷史中——養了多少隻狗她都算不清——快樂是唯一對美食有這樣定力修養的。我們以前養過一隻大老黃，半夜裡打翻了五十磅的狗食袋，啃咬咽吞消耗了半袋狗食，第二天肚子撐得像七個月待娩的孕婦，躺在地上站不起來。那還是帶到狗學校經過專門訓練領過證書的名狗。

廚房靠窗每天陽光燦爛，先生喜歡在飯桌邊看報讀書，快樂伸頭把下額放在先生的腿上，眼裡透露出一份終身依靠的歡喜。先生一手摸牠的頭一手翻弄書頁，也是一份終身不移的專情。熟朋友說：「妳不用擔心，先生已經有了心愛的二奶。」

先生每天中午在客廳的躺椅上打盹兒，他才躺下，快樂就跳上他微突的肚子上聽著先生音樂般的酣聲，緩緩閉眼進入夢鄉。那是一張動人優美的畫面。

今年四月我們出門一個月，每天女兒來跟快樂說說話聊聊天。女兒給我們的伊妹兒說：「快樂好像得了憂鬱症，不大吃喝，怕是想你們想得厲害。」

我們回家那天，先生抱起快樂，「瘦多了，瘦多了……」眼淚都快掉出來的樣子。

回來一個星期快樂的脖頸長出了厚實的肉，女兒摸著牠：「快樂啊，你到底又那麼快樂了。小心啊，太胖了是要辛苦減肥的。」

小說

深秋

曉冬搬把椅子坐到小院子裡，打開院子門就面對著那叢倚著院牆盛開的玫瑰花。加州的天氣就是這麼四季如春，即使在這秋天的尾聲裡，玫瑰還是開得漫天嬌艷，常常讓曉冬不敢逼視。倒是枝條上零落的幾片黃斑葉子，還能勉強搭配著自己如今的年歲與心情。

到美國一住二十多年了，二十多年的歲月就消耗在這棟叫做康舵式的房子裡。生病後的這幾年消耗在這小院子的時間也不少。當初剛移民來的時候沒有多的錢買獨門獨院的房子，如今還真該感謝這棟不需要自己動手清理庭院草坪的房子，不然像沛然這樣一年兩次空中飛人的逗留，誰來打理這庭院的煩瑣事情啊！就像這盛開的玫瑰花兒，自有人定期來施肥除蟲，澆水剪枝的；自己高興起來剪幾朵花兒插在花瓶裡，給寂靜的房間添些流動的顏色，要不就搬把椅子這麼坐著看花兒，每一朵花兒都能讀出一段逝去的年華，每一片黃葉揭示著一段命運的飄零。

「貓咪，貓咪，過來。」曉冬抱起小貓輕輕的揉搓著貓兒柔軟的細毛：「貓咪乖，不要亂跑，不要亂吃東西阿。」她像每天做功課般開始跟貓兒說起話來。貓咪有時聽得懂似的「咪嗚咪嗚」回應著，多半時候牠只是收攏四肢躬著身子，沉默地享受著曉冬的輕撫。

很多人勸她回台灣跟先生一起住，說是以前為了照顧讀書的兒子離不開，如今兒子都做實習醫生了，何必再挨這寂寞的日子，而且夫婦倆分開久了也不好。

曉冬生病以前聽到這些話還會有點心煩，拿不準是不是該回台灣定居，得了這病倒是一個轉機，對那些妳先生到大陸做生意不怕有包二奶的說詞，反而能灑脫的笑著說：「誰知道他有沒有呢？有了我也沒辦法，只要他不帶回家來就好了。」說得像穿衣吃飯般的自然，本來嘛，說不準別人還會在沛然面前提醒他當心，太太不要在美國交男朋友了！

太陽照得有些熱了，她放下貓兒：「去，去，不抱你了，太熱了。」

沛然當然不會相信那些話的，他知道她這一輩子懶得在這些事情上花心思，說她冷艷也好，驕傲也罷，年輕時她就不像那些長得好看的女孩子，總要在一堆男孩子裡選金蘋果般的千挑百選。讀師範的時候比鄰而居的憲章從不掩飾對她的好感，憲章的父親是眷村裡唯一的將軍，憲章又是規規矩矩的男孩。但是父親一句：「到大學再談交朋友的事吧。」她覺得也對，就從沒有接受過憲章的邀請。後來她白天教小學，晚上讀夜間部的大學，才開始跟憲章偶爾週末出去看電影或吃個晚飯。那時有人羨慕她交了個將軍的兒子，曉冬倒是一副你們誰要誰拿去好了，無所謂的樣子；而且她還嫌憲章矮了點。自己在女孩子裡算是中等身材，潛意識裡還希望交個高個頭的男朋友。將軍本人倒是又高又壯，頗有將軍的威嚴本色，曉冬跟他有過一兩次照面，每次站得遠遠的回答將軍一兩句凜然的審問。幸虧隨和謙虛的憲章沒有遺傳將軍爸爸的巍然，不然怎麼也沒膽量跟他交往的。

曉冬起身去屋子裡倒杯茶喝，坐久了右腿就有些僵硬。得了這病的當初，躺在醫院病床上，第一個就想到了憲章。那次憲章的摩托車翻倒送到醫院後好幾天不醒人事，她天天去看他。威嚴的將軍一下子蛻盡了皮骨，化作一潭清水沐浴著毫無知覺的憲章，看得她眼紅鼻酸好幾次。她知道她不欠憲章什麼，也不過看過幾次電影，吃過幾次晚飯，一半時候還是她堅持付的錢。後來她大哥從歐洲積極的給她介紹了個叫沛然的他的同學，父母親又不太贊成她再天天去醫院看憲章，曉冬也就可有可無的跟沛然通信做起朋友來。

曉冬把茶杯端到院子，坐回椅子裡。晴藍的天空飄起了幾絲白雲，浮掠過高大的梧桐與楓樹的頂空，要去追赴另一片雲彩的約會似的疾行著。一定趕得像大哥催著沛然回國的速度吧，曉冬想。跟沛然結了婚以後，他才說起：「妳哥哥催著我說：『我妹妹可漂亮了，你不早點回去，她給別人追走了可別後悔。』其實妳哥哥早就給我看過妳的照片，我當然知道妳很漂亮。」那是剛結婚的頭幾年，往後這帶點青澀的還構不成情話的話語，在歲月的流洗下早就蕩然無存了。

她跟沛然第一次見面，覺得他比憲章高些，尖嘴細眼的輪廓不如憲章清明，兩張臉倒都透著股老年人才有的慈眉善目。也說不上喜歡誰多一些，既然憲章在醫院出不來，她跟他又沒有什麼海誓山盟，沛然又為了她放棄了即將到手的學位匆匆趕了回來，她就跟沛然交往的密切些。等憲章出院後杵著拐仗來看她時，她跟沛然都已經論及婚嫁了。

不知道自己如今右腿走路的樣子，比當初憲章杵拐杖的姿勢有什麼不同，自己雖然從沒用過拐仗，走路的樣子卻是再不能回復以前的輕快。雖然人家都說不仔細看根本看不出來，到底不像憲章，那次看到他完全生龍活虎比健康的人還健康。

那次被朋友拉著去了教會，看到台上講道的竟然是憲章時，才覺得這世界真是太小。講完道憲章一臉欣喜的把她介紹給妻子：「來看看我們的老鄰居，當年我們村子有名的美人呢。」憲章的妻子才真是嬌小玲瓏，皮膚白裡透紅，那一臉溫馨的笑容，像夏天裡飄蕩在微風裡的絲綢，不著痕跡卻已輕然飄過你的面前，那種舒適讓曉冬想起春風拂面的句子。

那天憲章一定邀曉冬到家吃晚飯，他的妻子一邊悠閒的聊著，一邊四菜一湯就上了飯桌。在曉冬的問候裡，憲章說起父親得了老年失憶症。曉冬一時間像掉進一團雲霧裡，連桌上的碗筷都看不真切了。那麼一個威嚴端正的將軍，真是世事無常啊！可不是嗎，自己又哪能料到有一天會連走路都變了樣子呢。

晚上憲章單獨開車送她回家，她本來要兒子來接的，到底還是沒有堅持。一路上雙方都不知要怎麼填滿這十幾年的空間似的沒有一句言語，還是憲章先開口：「謝謝妳那年在我住院的時候天天到醫院來看我。」這話其實在他杵著拐仗來看她的時候已經說過了，是忘記了還是沒話找話說吧。曉冬淡淡的一笑：「沒什麼，朋友一場嘛，早過去了，用不著還記在心上的。」

很快就到她家了，憲章跟她醫學院即將畢業的兒子閒聊了幾句才回家的。那以後再沒去教會，當然也沒機會見到憲章了。後來聽拉她去教會的朋友說，牧師娘是牧師的好幫手，教會兄弟姐妹的大小事情，照顧得面面俱到，除了不講道，她才是教會的向心力。曉冬才知道當初沒有跟了憲章是對的，就她一輩子的努力怕也當不了憲章這麼得力的好助手。但是如果沒有那場車禍，憲章也許不一定會去做牧師吧？曉冬一時興起白雲蒼狗的感慨來。

怎麼太陽都照到頂頭了，曉冬起身到廚房去煮碗泡麵吃。這些年一個人中午都吃得簡單，晚上頂多也是燉鍋好湯，炒個青菜。湯裡有時有肉，有時有魚的營養都夠了。有時一鍋湯一個人好幾天也吃不完，連貓兒都喝得膩了就只好倒掉。

吃完麵關好院子的門，曉冬打開電視看看今天的新聞。看著看著有些睏倦了索性躺在沙發上，不久就跟電視的聲音唱和著打起呼來。直到瑞克來敲門才把她叫醒。

瑞克站在門邊笑得一口白牙亮璨璨的：「來得真不巧，又打攪妳休息了。」

「沒關係的，」她攏攏頭髮：「你又來收房租了。」瑞克有幾棟康舵在附近出租，其中一棟住的房客就是曉冬的隔鄰。

「是呀，人又不在。」

「你該先打個電話呀。」曉冬一語雙關的。

「事先也沒想會到這邊來，車開過來了順便來看看。」他有些似笑非笑的：「也就順便來看看妳。」

曉冬又攏攏頭髮，一邊喚聲貓咪一邊問著：「你太太孩子都好嗎？」

「孩子跟著我媽應該還不錯，分居的太太很久沒消息了。」瑞克還撐著滿臉笑容：「妳先生什麼時候再來美國呢？」

「下星期就該來了。」她望望門外的草坪放大了聲音：「貓咪，貓咪，過來，過來。」在草坪上曬得暖洋洋的貓兒有些不情願的磨蹭到她身邊，她伸手抱起貓兒：「有沒有跟瑞克先生說哈囉呀！」

「哈囉！貓咪你好，有沒有好好陪伴你美麗的女主人呢？」瑞克伸手摸摸貓咪，收斂了笑容：「我得走了，下次再來，反正還有兩家，月初一起收吧。」他大手一擺，啪啪貓咪的頭，轉身大踏步走了。午後的艷陽把他高大的影子拖得比草坪上的大樹還長。

男人就是不顯年紀，跟自己差不多年齡的瑞克，看著就那麼精神奕奕，也是自己的這場病，早幾年不也是有用不完的精力嗎。

曉冬把貓兒放到門外去，把院子裡曬得發燙的椅子搬進客廳。推開院子的門，一抬眼就面對著斜坡草坪上幾顆高大的楓樹與梧桐。楓樹一到秋天葉子就零零落落的開始轉深，是要染成紅色的前奏。梧桐已是葉葉灑上老人斑似的，三三兩兩如簾捲西風，趁人不注意就飄墜下來了，任是四季如春的加州就是挽不回梧桐和楓樹的青綠。曉冬端起早先的茶杯，坐到椅子上，這才看到杯子裡的茶早喝完了，她也懶得去加，就這樣對著那幾顆高大的梧桐與楓樹發起愣來。

每次看到瑞克就無端的想起嘉城來，嘉城的個子在中國人裡算是高大出眾的，所以在慶欣的結婚喜宴上不用特別抬眼就能看到他了。那時跟沛然都交往得有一段時間了，對慶欣的特意牽線當然沒有什麼太熱心的反應，倒也有過幾次實在拗不過慶欣的激將兼強迫，什麼訂婚以前都有選擇的權利啦，什麼見見面又不會吃掉妳啦，在慶欣的燈泡照射下，跟嘉城有過幾次交往，最後一次帶著沛然與會才擋住了嘉城不捨的攻勢。慶欣幾次不甘心的說：「嘉城哪方面不比沛然強多了，妳真是現世觀音不動心啊！」同學們都開玩笑說她長得像觀音：「曉冬只要把長頭髮挽上去，十足的活觀音一個。」

心是不能說沒動過的，這一生好像也只為嘉城動過心。她也分不清楚那是不是就叫動心，像一架子的衣服，你一眼就看中了這件是該你穿的。似乎對憲章甚至沛然就少了這份感覺；但是經過憲章到沛然，路雖走得不長，卻像攀山越嶺般的有了一種曾經滄海難為水的困倦。她漫不經心的回慶欣一句：「我們沒緣。」就算解釋了一切。

沒想到這緣還一線牽到了美國。

那次上完中文課，班上每天來接兩個小兄妹的母親，不知為什麼來晚了，曉冬頻頻看著手錶，一邊安慰著小兄妹：「別急啊，媽媽一會兒就來了。」話還沒說完，做妹妹的一聲尖叫起來：「爸爸！爸爸！」把嘉城一下子叫到了她的面前。

曉冬還能撐持著淡淡的笑容點頭說：「你好！嘉城，真沒想到在這兒見到你，孩子的媽媽今天沒來接他們？」

嘉城卻是一下子變成了啞巴，像掉進一場夢境裡回不過來。孩子牽起他的手：「爸爸，我們回家吧。」才把他叫醒了，一疊聲的：「對不起，對不起，孩子媽有事，我來晚了。」

臉色通紅的：「讓老師久等了。」

曉冬按下鼓動的心跳，非常鎮靜的說：「沒關係的，也只等了一會兒。」她笑著跟孩子們說了再見。

這麼多年歲月的累積，曉冬終於秤掂出嘉城在她心裡的份量來。曉冬嘆口氣，這份量經過這些年歲月的洗禮，剩下的也該只是幾根飛舞的羽毛般不著痕跡了。

每天來接小兄妹的是一位非常美麗的菲律賓華僑，曉冬幾次說要跟她學英文呢。後來嘉城又來過幾次，曉冬都忙著別的家長跟學生的事。有一次嘉城來得晚，別的孩子家長都走了，他問起她的近況。那時她還沒生病，她真高興自己留給他一個久遠前的完美印象，雖然不再是當年的那麼明艷照人，嘉城不也有些小肚子了嗎。

一次他跟她要電話號碼，她顧左右而言他的馬虎過去了。又一次嘉城約她去家裡吃飯，她笑著說：「你太太要教我英文，我們吃飯的機會多著啦！」

當然孩子們都有老師家的電話號碼，嘉城真要找是不難找到的。那以後嘉城就沒再來接過孩子了。偶而來也是匆忙著說聲再見就走了，倒是跟她太太常常聊幾句家常。她一直不知道嘉城有沒有跟太太提過他們以前的事，當然那是一點也不重要的了。若不是今天瑞克來收房租，她也很久沒想到嘉城了。

也真是的，那時沛然的姐姐要幫他們辦移民時，雖然不是刻意躲著什麼，也沒什麼好躲的，憲章和嘉城都有了美好的家庭。下意識裡倒是覺得能扯斷這一切牽牽絆絆也好，就答應沛然去辦手續了。一方面也是沛然偶而會提起從歐洲匆忙回來結婚，不是了無遺憾的。平常語言裡也多是外國月亮比較圓的讚美。結果美國圓月的光輝沒有照給沛然一份居住的明亮；東碰西撞快一年的時間，他的生意沒有半點開展，只好倖倖然的飛回台灣守著那邊漠漠的月色，心甘情願做了這麼多年的空中飛人。而當初要扯斷的牽線，卻都漂洋過海的落腳在這麼大的美國的同一個城市裡，好像當初就約好了似的。

太陽都慢慢偏西了，曉冬又把椅子搬到小院子裡，對面斜坡上的樹影被斜陽照射得細細長長的。幾隻黑烏鴉飛來飛去的碰掉好些梧桐葉子，小貓咪又跳到她身上咪嗚的叫著，把這寂靜的黃昏叫出幾分落寞來。

該是每天走路的時間了。曉冬關好院子，鎖好房門，叫喚著貓咪。貓兒知道這每天固定的路線，帶頭往前面走去了。

今天下午被瑞克打攪的沒休息好，右腳像拖了塊石頭似的沉甸甸的。不知是不是心理作用，她有時仔細比較，覺得右腿比左腿要細些了。她不懂為什麼這種病要叫中風，不叫大風或小風，這病又跟風有什麼關係呢？

那次兒子把她送到醫院時，她話都說不清楚了。想到自己怕還不如那年躺在病床上的憲章，想到一些與這病有關的種種不愉快的畫面，眼淚時不時的就滾落到枕頭上。急匆匆從台灣趕來的沛然被兒子從機場直接接到醫院裡，看到淚痕滿面的她，把小眼小嘴笑得放大了一圈：「曉冬，妳好幸運啦，還好妳的車開到家了，如果是正在路上發病了那後果可不敢想了。」沛然是真誠的笑開著，不像來看病人倒像來看新娘似的。向來不慣於牽手拉掌的沛然，不自禁的拉過她的一隻手，另一隻手去擦曉冬臉上的淚水。就在那一刻曉冬覺得和沛然走過了生生世世的長遠路，先生的樣子有些陌生，更多的卻是從來沒有過的熟悉，曉冬這一次是真的用了心思，要把這兩隻緊握的手再也不讓它分開。

曉冬復原得比預期的好，到底才四十多歲的年紀，除了走路右腿有點不聽使喚，她跟以前沒有什麼差別。有時會仔細比較左右兩隻腿的粗細，後來終於想通了，她沒有半身不遂，沒有眼歪嘴斜，沒有說話打結，那兩隻腿的粗細算得了什麼呢？

繞著社區走一半就是張老太太的家，有時曉冬會進去跟老太太說幾句話落落腳，今天門關著怕是到女兒家去了。曉冬有些失望的往回家的路走，遠遠的看到瑞克昂著頭向屋子裡張望，轉頭一眼先看到貓咪，一聲「嗨！」笑出一口白牙：「我說妳去哪兒啦，去散步了啊！」瑞克跟曉冬說話，總把英文講得又慢又清楚，這猶太人對曉冬還特別有耐心。當初瑞克來收隔壁的房租，來了幾次沒碰到人，才來敲曉冬的門。認識了每次收房租就來找曉冬聊聊天，曉冬的破英文聽不懂他跟太太分居什麼的，他就漸漸把話說得慢說得清楚些。

「天氣這麼好，該出來走走。你的房租收到了嗎？」

「還是沒回來呢，我辦完事要回家了，順便彎過來看看妳。」瑞克看她從斜坡上走下來，想伸手去扶她。她擺擺手：「謝謝你，我自己走。瑞克，我先生來了，一定請你來我家玩。快回家吧，待會兒又該要堵車了。」

瑞克左顧右盼了好一會兒，自言自語的嘀咕著：「這梧桐葉子掉了這麼多。」然後擺擺大手就轉身走了。

曉冬進門打開電燈，拉開冰箱的門，一時決定不了今晚該煮雞湯還是排骨湯。她關上冰箱決定還是先跟沛然打電話，不然他等不及又要先打來了，台灣打來比這邊打去要貴多了。

曉冬一邊播著號碼一邊望向門外，外面的路燈都亮了，秋天的夜幕落得可真早。

芳芳的故事

七月的艷陽像野火般焚燒著小城的每個角落，烤炙得人們只想躲在有冷氣的屋子裡不出大門一步，使得這暑假裡少去了一萬多大學生的大學城更是份外顯得冷清沉寂。

是個酷熱兼悶窒的星期一上午，天空藍亮透明得似乎探不到底，大太陽卻像似要從探不到底的天空沉落下來般的份外炙烤。

我和先生才把車停好，陳玲從另外一輛車裡滿臉汗水的走了出來。我趕快開了門，走進餐館打開冷氣。

「老闆，老闆娘，我……」她一邊用手絹擦著汗：「我……能不能請一個星期的假？」

「啊！」我有些為難的說：「這樣臨時請假，怕不好找替工的人吧。」她是做六天全工的，最難安排這樣的代工。

「實在不得已，老闆娘。」她一副楚楚動人，似乎一出聲就要落淚的樣子：「我先生說芳芳的心理問題嚴重，要帶她去看精神科醫生，剛約好了休士頓的一位中國醫生，我先生也請好了假，一會兒我們就開車出發。」她眨著眼似乎要逼回去就要滾落的淚水。「代工的人我都找好了，妳看。」她從口袋裡掏出張紙頭：「每天午班晚班我都找好了人，這是代班人的名單。」

只要有人代工不會影響生意，我當然不再說什麼。她千謝萬謝帶著盈盈淚眼推門溶入外面的一片熱氣裡。

芳芳我見過一次。

陳玲有天晚上下工後問我：「老闆娘，明天中午我能不能把我女兒帶來店裡，我會讓她乖乖的坐在酒吧，絕不礙事。」那是第一次看到她有一雙水汪汪的大眼睛，像隨時會滾落一池春水般的讓我都興起幾分憐惜。「她跟我先生昨天吵得厲害，我不放心把他們倆單獨留在家裡。」

「父女吵吵架，能有多嚴重。妳女兒幾歲了？」

「她十六歲，再幾個月就十七歲了。我先生是她繼父，他們一直處得不太好。」她有些尷尬的搓著手：「我們來正趕上暑假，女兒還沒入學，整天待在家裡，更是常常衝突，昨天他們吵得實在太厲害了，所以我想……」

芳芳並不礙事的坐在吧台上，瘦長的兩條腿有一下沒一下的踢著吧台的木板。泛黃的臉上沒有一絲十六歲青春少女的紅嫩，兩隻東方女孩特有的細長眼睛，卻是分外機靈的東轉西望，像初到新家明亮的貓眼，急切的要探索這新世界的奧妙。她靈動的眼光倏忽間停頓在陳玲端給客人的一碟霜淇淋甜點上發出了光彩。

「媽，我也要吃霜淇淋。」

「媽，我還要一杯。」

雖然陳玲說她會付錢，我卻怎麼也不能相信這麼個瘦弱的女孩子，會有那麼個能容納半加侖霜淇淋的大胃。

芳芳是個被母親慣壞了的大孩子，卻看不出來精神上有什麼問題，怎麼要去看精神醫生呢？

陳玲不在的一星期，斷斷續續從其他的員工那裡聽到了一些她的過去與現在。

芳芳五歲的時候陳玲跟先生離了婚，為了彌補芳芳欠缺的父愛，陳玲與父母——芳芳的外公外婆，三個人牽著手圍成了一個堅固的城堡，堡裡是三雙漲滿愛心的手，輪流環抱著他們唯一的小公主。所以芳芳從小就在這安逸的城堡中過著有求必應的公主歲月，直到五年前，有人介紹了她的繼父也是離過婚的一位博士後與陳玲認識。他們交往四年才結了婚，再經過一年的辦理綠卡手續，終於把陳玲母女接來了美國。

與母親相依為命多年的芳芳，當然不能接受這位半路衝破城堡橫刀奪愛美國來的中國客。雖然陳玲告訴別人，芳芳一開始跟這位繼父相處得還不錯，芳芳可是跟人說，她從來沒喜歡過這位繼父，而且也從沒跟他相處過。他每年回去一次待上兩三個星期，陳玲早早就把芳芳送到外公外婆家去了。芳芳內心曾經非常憤恨這遠道的陌生人每次霸佔母親那麼久。其實他每年回去兩三個星期，四年加起來三個月還不到，但是對芳芳這分分秒秒幾乎與母親須臾不離的孩子，就該如同一個世紀般的長遠了。

這樣的基礎發展出來的關係當然衝突連連。這次看精神醫生的事件源於繼父趁芳芳不在，把她心愛的小狗開車帶去扔掉了，芳芳為這事翻天覆地的哭鬧了好多天。

「聽說是芳芳的狗在家裡隨地大小便，這位繼父忍無可忍了。」

「不過想想芳芳遠離開家和寵愛她的外公外婆，原來母親全部的愛如今又要被別人分享，小狗是她唯一能全部擁有的，難怪她要大發脾氣了。」

「陳玲才來了一個星期就出來打工，芳芳跟一個原本心裡就討厭的陌生人整天待在一起，當然要起衝突了。」

「聽說晚上睡覺時，芳芳常要藉故三番五次的把母親叫到她的房間去，繼父常常生一個晚上的悶氣，也難怪他要受不了。」

「但不能把芳芳送去精神病院呀，她除了有點任性，沒什麼不正常的呀。」

「大概是去看看精神醫生，不是真有病，醫院也不會隨便接受的。」

幾個服務生利用吃飯的時間，大家七嘴八舌的討論著。

陳玲一星期後回來上班，只說芳芳也回來了，大家似乎都放下了一樁共有的心事。

十月裡小城刮起了第一場大風沙，大地一片昏黃，遠看像下著黃濛濛的煙雨，天空倒是被要撐出沙塵的太陽烘照得黃亮亮的，一時分不出天地的界限。

店裡打烊後我回到家還沒來得及換衣服，陳玲就帶著芳芳急急的敲開了門。

「老闆娘，能不能讓芳芳在妳家暫時借住一晚，她又跟我先生吵得不行了。」

我把他們讓進來，外面的風沙實在太大。陳玲臉上的淚混著沙礫，在燈光的照射下粒粒可數，芳芳只是噘著小嘴，皺著眉頭一言不發的站著。

「芳芳上學了，情況該好些了吧？」

「沒有呢，」陳玲抹一把淚水，「芳芳個性太倔，我先生也一點不讓，兩個人兩天一小吵三天一大吵的把我夾在中間可為難了。」

「活該！」芳芳嘀咕了一句。

「芳芳胖了不少啊。」我趕緊引開話題。才幾個月不見，原來的瘦小個變成了混圓的柱子。

「胖了好多，她只吃炸薯條和霜淇淋，飯一口也不吃。」陳玲帶著幾分寬容地說。

「妳在別人面前胡說些什麼呢。」芳芳白眼一翻瞪著她母親厲聲的一吼，把我和旁邊的先生都嚇了一大跳。

我忽然覺得他們母女的位置互相調換一下，情況可能要好多了。

單獨送陳玲到門外，風沙在寂靜的黯夜裡漸漸的平息下來。我小聲問起到休士頓看醫生的情形。陳玲長長嘆口氣：「醫生說芳芳精神沒有問題，只是被我從小慣壞了，這孩子是任性些，但是我先生也太不能容忍她了。」門燈照射出她兩行清淚，她抹乾了又深深嘆口氣：「醫生跟他們倆談了很久，也勸我先生要諒解芳芳這初來乍到適應環境的困難。」她最後嘆著氣搖著頭抹著淚走進黢黑的車裡。

不知道是陳玲臨走時那一掛成串的淚水，還是她在昏暗的燈光照射下那份疲累的背影，或是那一聲接一聲的嘆息，讓我在風沙寧靜之後，心緒卻翻騰起來。

我和先生在兒女長大成人多年後，跟芳芳重溫了一次做父母的功課。

「不管怎麼說，妳父親……」我才剛開頭一句話還沒說完，芳芳立刻蹶起小嘴嘟囔著：

「他不是我父親。」

「好了，妳繼父吧……」

「我沒有他那樣的繼父，他是×老頭。」

「人家一點不老呀。」

「我看他就是老頭，討厭的老頭，把我的小狗扔掉了……」她一下子嘩啦啦像打開的水龍頭放聲痛哭起來，從剛才教訓陳玲的威嚴老母親樣子一下變成了悲傷無助的小嬰兒。我環抱著她的肩胛讓她盡情宣洩長久滯留心底的鬱悶。

等她安靜下來，先生說：「不管他是誰，總是他的幫助，妳和母親才能到美國來的吧。」

「我才不要來美國呢。」

「妳這不是來了嗎？妳可以跟外公外婆待在大陸呀？」

「我……離不開我媽。」芳芳一副委屈的樣子。

「這不就結了嗎？妳來了美國住他的房子，坐他的車子，吃他的東西……」

「我沒吃他的，我吃我媽買的。我媽打工能賺錢。」芳芳的聲音又高揚起來。

「那妳就不要住人家屋簷下，不要坐人家的車，自己每天走路上下學吧。」

「我媽說就快要租房子搬出去住了。」她顯然在做最後的掙扎。

「芳芳，」我十分溫柔的像撫慰一個受傷的孩子：「妳要學聰明些，再過兩年妳就高中畢業了，那時妳上大學就能半工半讀能自立了，妳愛怎麼過就怎麼過。」我深深的望她一眼：「現在搬出來，妳媽這點收入是不夠你們倆開銷的。除了租房，還要買車，買各種保險，再加上吃飯穿衣，這點錢能夠嗎？」我看著她漸漸垂下的頭，像打勝仗的將軍趁勝追擊：「這兩年妳忍耐點，好好和妳繼……那老頭相處，自己日子好過些，也別讓妳媽夾在中間太為難。」

「誰讓她要來美國的，嫁那麼個糟老頭。」她的嘴角往下一癟，一副不屑的樣子。

「既然來了，就要適應環境呀！芳芳。」我竟然帶著些懇求的：「我們中國人不是有句話叫識時務者為俊傑嗎？妳是聰明的孩子，這些道理妳該懂的呀，是不是？」

那以後很長一段時間沒有她們母女的消息。陳玲到另一家生意更好的餐館去打全工，聽說錢賺得不少。也聽說她們母女曾經搬出來搬回去的來回好幾次。後來我和先生退休了，沒有餐館員工的小道消息，就更加不知道她們的情況了。

小城的冬天冰雪交加，住家對面的人工湖上結了層薄冰，湖上住滿了加拿大飛來的大雁。有天走過湖濱，成群的雁兒擁擠在湖心一塊沒結冰的水面上，互相大聲的呱噪著取暖，把冬日淒冷的湖水營造出一份溫暖來。它們為了生存每年成群南飛，我忽然想起芳芳來，她這隻西飛任性的雁兒，環境不知適應得怎麼樣了。沒來由的我竟有些思念起她來。

就在隔天接到芳芳的電話，說有課業上的問題要請教我先生。

她又瘦又黃的樣子嚇了我一跳，十七歲的青春年華沒在她身上劃上一絲色彩。厚大衣裡面倒是穿著時髦的緊身衣褲，掛著大圓耳環，抱著一疊似乎比她身體還重的書進來。

她說對讀書沒有興趣，但是學校的功課一定得寫完。她人不笨，一點倒也通了。只是功課以外的東西一概不要學。當過多年老師的先生，不免有孺子不可教的感慨。我勸他說芳芳能有這樣的起步，很不錯了，別要求得太高，嚇著她了以後不敢再來找你了。

問起她和繼父的相處，她翻翻眼，噘噘嘴：「反正就那麼回事，我不理他就是了，他在家，我關在房間不出來，好在他也不常在家。」

問她怎麼這麼瘦黃，她說在學校選了舞蹈課，教舞蹈的老師說，跳舞絕對不能胖，所以她才下決心減肥了。現在根本不碰她心愛的霜淇淋和炸薯條。許多人減肥像戒煙般的，戒了又抽，減肥也是瘦了又胖，不知道芳芳的減肥計劃能堅持多久，我只告訴她，不要吃胖固然重要，身體一定的營養卻不能忽略。

我邀她哪天有空跟我到湖邊看成群的雁兒。那年的冬天雁兒把小城的天空喧鬧得天都要翻下來了，芳芳卻沒再到我們家來過。

春天裡，小城的樹枝剛冒出綠尖，芳芳像隻快樂的鳥兒飛進我家的大門。她如今瘦高個兒，也增添了些面色，不算紅潤，卻不再青黃。尤其懂得了少女的化妝，把細長的眼睛擴展了一圈，搭配著原本纖秀的鼻樑，稜線分明的小嘴，真是個楚楚動人的少女了。只是一開口，那鏗鏘的聲調，微翹的唇角，才讓人憶起那個不拘而倔強的小女兒來。

那天她問完了功課，我請她教我打中文電腦拼音。我們一老一小在電腦前打打談談，先生做了好吃的芝麻大餅，我們請她一起吃午餐。她吃了一小塊餅，就說什麼也不再多吃一口。我和先生各自吃了四五塊還欲罷不能的要再繼續努力。芳芳忽然說：「一頓吃那麼多呀。」然後像老師看學生般的：「我們舞蹈老師說，吃東西要節制一點，最好能餓著點，對身體好，也不會長胖。」

我重新仔細把她打量一番，她真是再沒被霜淇淋和炸薯條撐胖起來過，這種超凡堅強的意志力，使她成為那極少數減肥成功中的一個。半年的生活體驗加諸於這小女兒身心的改變，讓我對她不得不另眼相看了。

她主動討論起讀大學要選什麼科系，希望我們能給她一點意見。

「妳不是不愛讀書嗎？」我調侃的說。

「我不愛看閒書，學校的功課我當然會讀好的。」一翻眼，好像我怎麼那麼不瞭解她似的。

我和先生高興得忍不住又分吃了一塊芝麻大餅。

快放暑假了，芳芳學校的舞蹈班有一場表演會，她說媽媽要上班，問我們能不能去看她跳舞。我們反正沒事一口就答應了。想著她前幾天在電話裡跟我說起，暑假裡有一位老師要去大陸旅遊。「他要去西安哪！」她在電話那頭叫起來：「那是我的家哪。」

她忽然停頓了下來，過了好久，我正要說話才又聽到了她的聲音：「我當時就哭起來了……」她在電話那頭哭得稀裡嘩啦的。

「想家的話，這個暑假能回去一趟嗎？」

「我想我姥姥……但是我媽說沒有錢給我買機票……」

我讓她痛快的哭一場，那聲聲的唏噓流過電話線，讓我也紅了眼圈。

芳芳那晚跳了三隻舞，我和先生在台下拍腫了手掌。以她幾個月的訓練能有這樣的成績，可見她平日是相當努力的。

我們開車送她回家，一路上她興奮的述說練舞的種種辛苦與樂趣。她說暑假裡還要參加兩個星期的舞蹈訓練班。

忽然她從車座上要跳起來般的興奮著：「對了，我還沒告訴你們，我找到工作了。」她把店名告訴我們，是一家食品雜貨店。「一放暑假就上班，你們一定要來啊，買不買東西沒關係，來看看我呀！」一副天真未泯的小女兒樣子，把嘴噘得老高：「我賺了錢，自己買機票回西安看我老爺和姥姥。」

她開門進屋前，回過頭對我們展顏一笑，快樂的擺擺手，轉身進屋關上了門。透過暗夜的門扉，我看到西安城堡裡那個捧在手心裡的小公主，終於長大了。

一天繁星半片清月。小城的夏夜是這樣的寧靜而澄明。

佩琦的天空

事情發生在二十多年前，我們還在小城開店時的時候。

餐廳有兩名美國姐妹服務員，姐姐欣迪，妹妹露絲。欣迪中等略圓的身材，一頭短髮覆蓋著圓圓白淨的臉，兩頰透著兩顆蘋果般的紅暈，把那經常掛在臉上的笑容暈染出孩童的純真來。露絲挑高清瘦，栗色的臉上總帶著些許羞赧，笑起來嘴角抿成一條線不露出一點內裡的風光。兩個人的性格外型有這樣大的差別，我有時不免懷疑她們是同父異母或同母異父的姊妹。

兩姐妹因為英文好，跟客人溝通方便，賺的小費通常比中國服務生要多些；特別欣迪笑口常開服務週到，很多回來的客人指定要她的桌子。每天結帳換錢，她的小費幾乎都比別人多出一倍來。

小城有一個空軍基地，飛將軍和員工們每個週末會到店裡來用餐。基地的長官每個月來店裡買一定數量的餐券，作為員工們抽獎的禮品，於是單身的帶家人的飛將軍們來得更頻繁了。麥可一家就是每週一次的常客。

麥可有一雙清澈明亮的眼睛，是那種一眼看到底沒有心機的人。妻子佩琦是個金髮的美人兒，該高的，該挺的，該圓的，該白的，該紅的，該黑的都在標準線上，只有那雙大眼睛卻是有些渙漫，經常透出些尋尋覓覓的徬徨。

空軍們對女朋友都很有禮貌，對妻子非常鍾愛，至少表面上是這樣的。但是像麥可對佩琦那樣細膩的愛我卻是很少見到的。從進門到出門，麥可的手幾乎就沒有離開過佩琦的身體，扶著她走路，攙著她入座，用餐時那不拿刀叉的左手總在佩琦的背部腰部上下左右替她按摩般的輕輕遊走著。輕聲細語的替她撿菜盛湯更是一點不會怠慢。

他們的兩個女兒一看就是出身良好家庭的孩子，十六、七歲了，站得直坐得正，說話輕聲細語，對服務生上菜加茶水，左一句謝謝右一句對不起。開店多年美國孩子見得多了，十幾歲的叛逆期，不是奇裝異服就是惡言髒語，像麥可家這麼乖順的女兒，用中國話說，真是打著燈籠都找不到。

麥可一家從第一次來過以後，就每次點名要欣迪服務他們的桌子。欣迪一看到他們也像是逢到故人般輪流和每個人擁抱談笑。後來佩琦偶爾一個人也會來店裡找欣迪說說話，兩個人好得像姊妹般的。

一個輪到欣迪休息的晚上，她和佩琦來店裡用餐。平日服務客人的員工，偶爾在自己休息的日子，來店裡讓別人服務一番，也是常有的事情。不尋常的是那晚她們點了一杯Love Portion，那是情侶們愛喝的雞尾酒。波光豔戀的紅色汁液裡，兩根長吸管一人吸一口，互相對望的眼神裡，道盡了彼此的傾慕。

佩琦可是從來沒有用那樣的眼光照顧過麥可。

那晚他們出門後，服務生們像看完一場驚忧劇，七嘴八舌展開了評論。

「怎麼可能啊，麥可對佩琦那樣深愛著。」

「佩琦比欣迪的年齡也大太多了。」

「女生也鬧同性戀嗎？」

「麥可好可憐啊，他似乎一點都不知道呢。」

欣迪照樣上下班，照樣賺好小費。麥可一家人也照樣來店裡用餐，我注意到的變化是佩琦那澳漫的眼神，如今似乎找到了聚光的焦點，那焦點前前後後追隨著欣迪的身形，其他的人包括麥可和她的女兒，似乎都成了虛幻的影子。

我覺得欣迪該跟我有個解釋，我也許能給她一點建議，我實在不願意麥可那麼美滿的一個家庭會因為欣迪的出現而有所改變。是在我店裡發生的事情，跟我好像有點什麼關係似的。

我的話還沒有說開頭，欣迪來辭工時先給我上了一課。

「佩琦雖然結婚快二十年，但是她從來沒有快樂過，直到遇到了我她才找到屬於自己的天空。現在兩個女兒都十六、七歲了，不需要她的照顧，麥可嘛，他總還會找到真正愛他的女人，佩琦應該過她自己要過的生活了。」

欣迪臉上露出了幸福的笑容。「我知道今後我們的道路行走困難，但是我們彼此相愛，這會帶給我們奮鬥的勇氣。」

我即使佩服欣迪的勇氣，卻怎麼也說不出恭維的話來，連假話也裝不出來。總覺得欣迪破壞了一個美好的家庭，摧毀了麥可和他兩個女兒的幸福。我也覺得佩琦再怎麼不快樂，將近二十年的日子都過去了，真能這麼狠心拋下摯愛她的先生和那麼可愛的兩個女兒嗎？以一個中國人的倫理標準我是無論如何都不能理解的。

二十多年前在我們居住民風保守的小城，能讓同性戀通行的空間是非常狹小的。欣迪和佩琦最後選擇到地廣人稀的阿拉斯加去了，麥可和他的兩個女兒再也沒有到我們店裡來過。

兩年多後的一天，露絲來用午餐——她在欣迪離開不久後就辭職了。她從皮包裡拿出一張照片，說是欣迪要她轉交給我的。

照片上呈現的風景單純而美麗。遼闊的藍天白雲下是大片廣袤的草原。一叢叢各色花兒隨意安居在草原上。欣迪和佩琦手牽手奔跑在花叢間，佩琦的藍花裙子在風裡膨脹得像個大氣球，要把她們倆帶上藍天似的。我幾乎能聽到她們明朗的笑聲，隨著風兒飄向渺遠的青天。我必須承認照片上的兩個女人，是非常非常快樂的。

佩琦真的找到了屬於她的天空。但是在一樣藍天白雲的覆蓋下，麥可和他的女兒卻失去了原本擁有的那份穹蒼。

世間的事情多麼難以捉摸，當初麥可一家如果沒有來店裡用餐，如果店裡沒有僱用欣迪，如果我們沒有開這家餐館……故事會是另一種版本嗎？

腦海裡響起Bob Dylan的那首歌「The Answer My Friend Is Blowin In The Wind」。

是的，答案被風吹向阿拉斯加的草原，湮沒在飄遊的白雲間。

藉著微風

又是秋天，日子真像腳下的步子，一點不著痕跡地就走出春夏秋冬來。幾片黃葉追著她的鞋子要看過究竟似的；她逃跑般的快步走上台階，進到了畫廊。

週一早晨畫廊的人不多，她一抬眼看到他和身邊挽著他胳膊的中年女人。不得不佩服他對女人品味的眼光，從淑英到眼前的女人，都是女人中的「精品」。眼前的女人儘管沒有淑英的光艷照人，但是適中的身材——對上了年紀的女人，有時是要大量金錢和時間還不一定打造得出來的——得體的穿著，合宜的化妝。淑英如果到這把年紀，怕還不一定能有這樣被歲月洗去了青春，卻被閱歷培養出的風姿呢。

他也看到了她，眼裡閃過一份驚喜。眼光裡那份燃燒的炙熱像蒙了層玻璃紙，不是暗淡而是消隱了些。當年同學們都說，藝術家嘛，尤其是畫家，他們的眼光都能看到常人看不到的東西，才能畫出那麼些常人看不懂的畫來。

她當年從他眼光裡讀出來的就是一些常人解不開的密碼。

那年她十九歲，剛進大學。很快跟明艷照人的淑英成了好朋友。好幾次淑英提起要介紹自己那個畫畫的男朋友給她認識。

還沒認識他這個人，先碰觸了那蹦跳著火花的眼光。那眼光炙熱裡煽動著不安，像剛出洞的兔子，左顧右盼不能決定跳動的方向。

在淑英面前他有一份調教出來的穩重。淑英說他們倆從小是鄰居，初中開始就像男女朋友那般交往了。班上同學早把他們看作天經地義的一對，只有她從他每次凝視的眼光裡，讀出些天經地義之外的叛逆；她看到了那在洞口徘徊的兔子。

他向她笑著說也來看畫展啊。好像他們昨天還見面話家常般，完全沒有十多年歲月隔開的生疏。

他的臉上沒有什麼生活的刻痕，身子倒是有些中年發福了，那件風衣穿在身上就有些繃緊的感覺。

他們就站在那幅風景畫前，多半是他在說話。他介紹了身邊的女子，說不知道她也住在這個城市裡，說今天來看畫的人不多。後來他問她要電話號碼，說以後可以再聯絡。她哎呀一聲說從來不打自己家的電話，還真不記得呢。他就把自己的電話和手機都抄下來交給她，臨走交待一定要再聯絡啊。就跟那女人走向畫廊的另一端，她讀到了他視線裡那臨去的一瞥。

他們走出了她的視線，她忽然意識到認識這麼多年，這還是他們面對面說話最多的一次。

那時他總是跟著淑英同時出現的，是淑英的手提袋，裝滿了屬於淑英的一切。也像淑英臉上的眼鏡，替淑英看見了全部的世界。她卻看到了手提袋裡的夾層，讀到了世界之外的空間。

總是淑英講話的時間多。淑英輪流跟他和她說話，不能冷落了任何一個似的。她和他是最好的聽眾，彼此從來沒有什麼交談過。說完全沒有交談那也是不完全正確的，他們眼光交集的時候，也能讀出些彼此的問候。

她有時會有些罪惡感，覺得像欺騙了淑英似的。後來不是淑英特別的堅持，就盡量不參加他們的約會。她用開玩笑的口氣說：「我才不要總是做你們的電燈泡呢。」淑英大叫著捶她的背：「我們都像老夫老妻了，那堵牆是電燈泡照不透的。」

那次淑英要回南部去看望父母一星期，交待她有空去看看他，說他不大會照顧自己，又怕他會寂寞得慌。在電話還不太普遍而費用又昂貴的年代，淑英覺得托她去看他是最經濟又安全的。

她終究沒有去。後來接到他的短箋：「數著窗外的雨滴兒，雙滴兒是妳會來，單滴兒是妳不來……」

以後她常在下雨的日子，數著窗外雨滴的單滴和雙滴。

她看到他和女人往樓梯走去了。二樓是另一個畫家的畫展。她忽然有些興味索然起來，走出畫廊進到大廳，想去找找介紹畫家的書冊。

翻看介紹畫家的文章和每幅畫的年代背景。看到一幅題目叫「邂逅」的畫頁。她想起他寄給她的第二封信。不知他在那裡抄錄的小詩，題目就叫「邂逅」。

我是浮雲一片，若把妳比做彩虹。
妳出現的時間如此短暫，我卻終日徘徊天空。
藉著微風打妳身邊經過匆匆。
本想向妳問聲安好，不料先已滿面泛紅。

她相信一花一世界的美麗，一首詩也就足以闡釋一生。

前後就是那麼兩封信，她保留著直到結婚的前夕才撕碎了。信裡的每一個字像鋼板刻印在腦海裡，撕不碎丟不掉。

淑英比她早一年結的婚。淑英和他的婚禮在南部，她的婚禮在北部。彼此送了份厚禮，因著什麼原因都沒有參加對方的婚禮。

後來淑英寄來的結婚照，他燃燒的眼神像在質問她為什麼缺席般讓人不敢逼視。這麼炙熱的溫度竟然沒有把照片燒焦了。後來她才知道那是只有她才感覺得到的溫度，跟冷熱沒有任何關係的。

一南一北的兩家人，見面就不那麼容易了。多半是淑英帶孩子來看她，他再來接淑英和孩子回去。彼此肩頭上有了柴米油鹽的重量，心頭有了孩子的位置，從前的一切像風花雪月般的飄渺起來了。只有那封雨滴兒的信和那首小詩，偶爾像秋天的落葉沒有聲息地悄悄掃過她的心房。

她一時拿不定主意要不要買一本畫冊，就走到右邊一排玻璃櫃子的前面，瀏覽著櫃子裡的紀念品。有畫家生前用過的畫筆，穿過的鞋子，戴過的帽子……一抬頭他和女人也正在瀏覽著櫥櫃裡的東西，女人挽著他的手臂，對著一頂帽子指指點點。她有些匆忙的問他樓上的展覽好看嗎，也沒等他回答就匆匆往樓梯走去了。

樓上是素描的人體和風景畫，看著有份清爽和樸實，跟樓下濃稠的油畫給人完全不同的感受。她更喜歡這帶著點病態的淒涼美，是的，畫家筆下的人體，不論男人或女人，那線條都歪曲得顯出不健康的病態。不過她看到的是線條裡面的傷痛，每個人都在光鮮的外表下，藏著點或多或少的傷痛吧。

那年剛過五十的淑英得了癌症，拖了兩年過世的。她沒有去參加淑英的葬禮，因為她先生也正在生命的尾聲裡掙扎著。晚淑英半年走的。

先生走後一星期接到他的電話，聽到他第一次叫自己的名字，忍不住唏唏嗦嗦眼淚流了滿臉，說不出一句話來。沉默了很久他才說出一句：「日子總要過下去啊！」

日子是要過下去的，像日月的升起和沉落，不會因為人間的傷痛而停止。

不久兒子替她辦了移民來到美國，聽說他的女兒也替他辦了美國的居留。直到今天她才知道他們原來住得這麼近，他們在同一個城市。

那次電話後兩人沒有再聯絡過，好像兩人都害怕去碰觸那傷口，傷口裡藏著他們找不回來的過去。

漸漸地傷口帶著點淒涼的美麗，在她回憶的舞台上唱出憂傷的歌曲。

她下樓來直接走出了畫廊。秋天已深，滿地的落葉在風裡嘻笑追逐著。

藉著微風打妳身邊經過匆匆……

她把那張寫著他電話號碼的紙條，揉碎了丟進門邊的水泥垃圾桶裡。

著女裝的男人

姚先生雖然身材高大挺直，說話倒是細聲慢氣的跟他的外表有些不很調和。不過他的臉方方正正，一雙大眼睛顯示出一些女性的溫柔，鼻子長而挺，嘴唇寬厚牙齒潔白，要是個女人以現在大嘴大牙的標準，倒算是頗有姿色的了。

「我太太想在你們餐館找份工作。」姚先生一隻手優雅的敲著桌子輕聲慢語的說：「她有工卡可以合法工作的。」他停頓了幾秒鐘：「我太太不會英文，不知道有沒有廚房切菜打雜的工作。」

我轉頭看坐在他旁邊的姚太太。她絕對沒有先生的體面，瘦身細腳支撐著單薄的身子。細眼睛小鼻樑，倒是從那抿成一條線單薄的嘴唇，我看出一些超出常人的堅毅。

我告訴姚先生廚房的工作實在辛苦，一個女人是沒法做下來的。

姚先生禮貌的站起來，姚太太帶著點委屈的眼光看看我。

一個星期後姚太太自己走了進來。

「我是個鄉下人，什麼粗事重活我都經歷過。我先生到學校做研究，一個人在家裡好難等到天黑呀，請您務必讓我來做工，不付錢也沒關係。」她就那樣堅毅果斷的打下句點，不容我說任何拒絕的言語。

小城颳起了開春的第一場大風沙，太陽在沙塵上瑟瑟發抖，抖落漫天遍地的沙粒往人的眼裡耳裡頭髮裡亂鑽亂竄。開車到店裡的路上，遠遠的看到姚太太像穿了一身黃衣服，在風沙裡艱難的向前邁著步子，我們開門把她讓進了車裡。

「這麼大風沙，不讓姚先生送送你。」

「他學校研究忙，晚上來接我就好了。」

中午正忙著結賬，服務生慌張的來叫我：「妳快去看看，姚太太的手腫得像個……像個大饅頭……」

姚太太起先怎麼也不肯去醫院，說明天腫消了就好。先生後來要脅她不去醫院現在就回家，以後也不用來上班了，她這才皺著眉不情不願的坐進了我的車裡。

「是我不好啦，動作太慢，沒快點把手抽出來，不能怪老李把桶蓋放得太快。」老李負責洗碗倒垃圾，打雜切菜的姚太太總幫忙他去倒垃圾。老李要用雙手抬起大垃圾桶的鐵蓋子，等姚太太倒完了垃圾再放下鐵蓋子。這原來是抓碼或油鍋兩個男生抽空幫老李做的事，不知怎麼落到了姚太太的頭上。

「其實真的不必去醫院的，明天腫消了就好。」

「妳知道那鐵蓋子有多重？總要照照X光，看看骨頭壓斷了沒有。」

「真是不好意思，給妳添這樣的麻煩，不好意思啊！」那張小眼小鼻的臉越發的擠乾了水份般的縮成一堆。

骨頭竟然沒有斷，連裂紋都沒有，醫生都說是奇蹟。

姚太太臉上的水份又流回來了，聲音也高昂了起來。「跟妳說沒有事的呀，白白讓妳花那麼多錢。」

「買個心安嘛，在家休息一個星期，腫消了再來上班。」

姚太太第二天又回到了廚房，跟先生說她聽醫生的話，冰敷了一夜腫都消了。又說生意那麼忙，廚房臨時到哪裡去找人。先生知道拗不過這個身材瘦弱如柳，頭腦堅硬如鋼的女人，只是不許她再搶著去倒垃圾。

夏天很快就到了，小城的夏天溫度高但是氣候乾爽。姚太太說曬曬太陽走走路對身體好，總是拒絕我們開車帶她一程。幾個月廚房打雜的磨練，加上走路的鍛鍊，用先生的形容詞說：「這姚太太如今頭腦和身體打成平手，都硬朗起來了。」

「可不是，真沒想到她做事這麼乾淨利索，人又勤快，以後可以修正你這廚房不用女工的規矩了。」

下午三點多，我和先生正在酒吧休息，準備迎接晚餐的忙碌。員工們都回家了，只有姚太太坐在廚房吹電扇，說回家來回太耽誤時間。她要早點替廚師準備好做湯的配料。

電話響起來，是小城警察局打來的。問我們餐廳有沒有一個打工的姚太太。然後說請我們盡快帶她到局裡去一趟，姚先生出了點事情。員警加了一句：「要快點來啊，姚先生的情緒不是很穩定。」

一路上姚太太緊閉的雙唇抿成一條拉鍊，緊緊鎖住了一切的問話和答語。先生和我對看一眼，也就沒再問什麼了。

我們進去的時候，姚先生雙手抱著頭匍匐在膝蓋上，拱著背坐在櫃台後面的椅子上，肩膀一聳一聳的像在悶聲的哭泣著。

員警交給姚太太一個塑膠袋，裡面有幾件還貼著標價的女人內衣褲。員警要我翻譯給姚太太聽，他先生拿了這些東西，沒付錢走出店門，警鈴響了，店裡的警衛把他送到警察局。

「你們先帶他回家，沒有多少錢的東西，以後找律師辦手續吧。」員警說。

姚太太去拉她先生的時候，姚先生抬起頭看一眼我們，哭聲大起來了。「我不能回家，我哪還有臉回家……我是罪有應得，讓我留在這裡……我沒有臉啊……」

先生幫忙連說帶拉的，姚先生才站了起來。門外耀眼的陽光讓姚先生低下頭雙手蒙著眼，還真有些像躲避記者拍照的犯人。

我讓姚太太回家好好照顧著姚先生，明天不要來上班，這是特殊情形，工資我會照發的。姚太太抿緊的嘴唇有些輕微的抖動，眼睛裡隱隱閃現著淚光。

第二天一早天才矇矇亮，姚太太敲開了我家的門。

「對不起，我這麼早來打攪你們，我不安心，我先生不是小偷，他從來不會偷東西的。你們……先看看這些照片吧。」姚太太有些語無倫次的。照片交到我們的手上，人也虛脫的跌坐在椅子上。

那是幾張姚先生穿著幾款女生衣服的照片，長裙、短裙、連身裙、花花綠綠的襯衫，跟他臉上五顏六色的化妝一樣。

「我先生一直有這個毛病，在大陸常常晚上這樣妝扮自己，總求我陪他去買些女人的衣服，還一定要我給他拍照……這種事情又不好意思跟醫生開口。後來有機會來美國，我想來換換環境也許能把這毛病改掉了……他求過我好幾次，我不肯陪他去買這些東西……我們再怎麼窮，這點錢還是有的……他一個大男人不好意思去櫃台付錢，他說找來找去收銀員都是年輕的女孩子……他真是糊塗做出這樣的事情，我可以用性命擔保，他絕不是個偷東西的人……」

姚太太斷斷續續說完了，長長的嘆口氣才低著頭擦眼淚。我拍拍她的手，告訴她我們相信她的話，我也知道姚先生是心理上有問題才造成了一時的糊塗。

我說美國也有這樣的人，英文叫「Cross Dresser」。前一陣我還在報紙上的讀者投書版，看到有人問先生有這樣的毛病要怎麼辦。

姚太太抬起頭伸長了頸子，睜大了那雙小眼睛。「真的嗎？人家怎麼說呢？」

「回信的人說看心理醫生當然是一種方法，但是他個人認為這種行為不會對別人造成不便，又不會對社會造成傷害，就像不讓吃糖的孩子，自己偶爾偷塊糖吃，得到心理的一份滿足，就隨他去吧。」

姚太太的眉頭舒展了一些，「謝謝你們啊！我回去了，先生還在外面車上等我呢。」

後來我們的律師朋友看了照片，就讓姚先生補付了貨款，到警察局辦了手續結了案子。律師一分錢也不要收。

到底是件不很體面的事情，姚太太說他們決定回大陸，重新開始過生活。

一轉眼十幾年過去了。我們結束了餐館的業務，退休都有五年了。前幾天接到姚太太寫來的賀年信，說他們在浦東的塑膠瓶製造工廠，今年的訂單比去年的又增加了兩倍多，工人也增加到兩百多人了。

「我先生做經理比以前忙多了，晚上沒什麼時間穿那些漂亮的衣服，這樣也好，只要改短一點，正好給我這個長胖了的太太穿。」

地老天荒

高一那年下學期，一天晚自習後，秋霞給我看一張照片。

我跟秋霞初中三年，同一個教室上課，同一個寢室睡上下鋪。到了高一本來分在不同的寢室，後來跟校長是好朋友的爸爸，拗不過我一再的懇求，打了個電話給校長，我們才又換到同一個寢室，我睡下鋪她睡上鋪。

除了週末我回台北的家，她回小鎮的家，那兩天我們是不在一起的。其他的時間不管校內校外，我的旁邊總是她，她的旁邊絕對也是我。

所以那天看到照片上秋霞的旁邊是另外一個人，還是個男生我們的班長圓方時，我的心裡突然湧進了鹹甜酸辣苦五味雜陳。在我的逼供下，秋霞承認他們從初二就開始交往，一時間我更覺得天地變色苦海腥風，世界末日來臨的感覺。

我們學校在南部的小鎮，初中三年高中三年大家都住宿學校，同學之間的情誼非比尋常。不過那是男生跟男生，女生跟女生之間的感情，男女之間到了高中彼此多看一眼，還都能讓人背後指指點點老半天，像枝頭上啁啾的痲雀，跳上跳下的擾人心煩。舉頭看著它，卻又一振翅飛得沒有了蹤影。

秋霞把她跟圓方的照片給我看的時候，一再囑咐我：「佩吟，絕對不能講給別人知道啊。」

我那一下子掉進地窖涼透了半邊天的心，讓我當下拉長了臉，「這麼長時間妳瞞著我交男朋友，把我當好朋友了嗎？」

「不是啦，佩吟，我們最初也就是週末回家走同一條路，圓方的叔叔家就住在我家同一條街上，走著走著才開始講起話來的。」秋霞的大眼睛一眨一眨的，透著些委屈，「我們走得近一些是上高一以後才沒多久的事。」

秋霞最美是那雙明亮的大眼睛，水光流轉，清亮透明。一眨眼一注視，天地都清明起來了。同學們開玩笑說，秋霞的一張臉兩個眼睛佔了半邊天，鼻子嘴巴不過是陪襯的小角色。

秋霞跟圓方合照的這張半身照，整張照片都被秋霞的那雙大眼睛搶盡了光彩，圓方憨厚的臉上藉著那光彩的餘輝，流淌著幸福的笑容。

* * *

知道了秋霞的這份感情，我倒替她擔起了一份心事。

「秋霞，那妳表哥怎麼辦？還有妳媽，她早把你們倆配了對的。」

秋霞的眼裡蒙上了水霧，「我跟表哥一塊兒長大，我待他像哥哥一樣。」

「那妳就要早點告訴他。」

「早跟他說過了，有一次我跟圓方在回家的路上還跟他碰了個照面。」

「那他沒跟妳媽提起圓方來。」

「表哥倒也不是那樣的人，他全當作沒事般的。」秋霞嘆口氣「佩吟，妳看他還不是每個星期照樣買那麼些東西來學校。」

秋霞的表哥每個星期三準時給秋霞送來好吃的零食，當然是藉故來看看秋霞。秋霞從來不吃也不喝，都是我們這些同學們代勞了。秋霞不止一次告訴表哥，不要再帶東西來，那表哥從來像是沒有聽到般的。

比起圓方秋霞的表哥倒也是一表人才，長得高瘦，穿得醩頭，顯得斯文。

他跟著秋霞的母親，他的姨媽倉促間到台灣來，靠著姨媽替人洗衣縫補，讀完了高中，就不肯再上學了，找了個文書的工作，有了份固定的收入。

「我們端方是個多麼懂事的孩子，怕增加我的負擔啊。」一提起端方，老人家的話題內容就豐富多樣起來了，「他那麼努力用功，哪個大學考不上呢。端方人品好，長相好，學識也不差。他母親把他託付給了我，我就要把他當親兒子照顧好。」

同學們都知道秋霞有個追她的表哥，可還不知道有個把她追到手的圓方呢。

*　*　*

圓方是我們升上高一的班長，他跟著叔叔到台灣來的，比我們班上的同學年齡要大幾歲，比起我們要懂事很多，導師就選他做班長。

跟圓方比起來，班上的男同學有的顯得土氣，有的太過名士派不修邊幅，還有的不是太矮就是太高，要不就是太瘦，那時大鍋飯吃下來，沒有過胖的。圓方人雖然矮一點，但是眉清目爽肩寬臀窄的，走路一板一眼只差沒踢正步。他的衣服可是兩隻袖子的折線對照兩條褲子的線條，像剛從洗衣店漿洗過的。後來秋霞悄悄的告訴我，圓方每天晚上衣服褲子摺疊得整整齊齊，放在枕頭下面壓一夜，第二天才能那麼穿得精神的當班長。

＊　＊　＊

高中三年在小鎮春夏秋冬的交替中走到了盡頭，鳳凰木頂著火紅的花兒開滿了半邊天。大家的心思比花兒還紅比半天還高，互相忙著寫紀念冊，交換照片送紀念品。忙活的日子裡，內心倒也有些上不著天下不著地的恍然。此去道路分歧，同窗六年的情事點點滴滴在心頭，那裡是幾句話語寫得完，幾張照片看得清的呢。

秋霞給我看一張她跟圓方的近照，是一張穿著制服的全身照。手牽手面對面，無盡的濃情蜜意，從相視的眉梢眼角渙散到全身上下。這是怎樣的一對戀人啊，像是在訴說著前世今生的誓言。照片背面是圓方抄的兩句詩「在天願為比翼鳥，在地願為連理枝。」

「秋霞啊，妳跟媽媽提過圓方沒有呢？」

「說過一次，媽沒聽完就叫我死了交男朋友的心。」秋霞的大眼睛一時有了些迷離彷徨「媽說這輩子她一個人千辛萬苦拉拔我長大，這件事一定要聽她的安排。」

「那……圓方怎麼辦……」

「我也不知道怎麼辦呢，佩吟，表哥還能講理，但是媽媽一點都不聽。」

「妳媽知道表兄妹近親結婚，生的孩子有可能是低能的嗎？」

「要不，佩吟，妳去跟我媽說說看，同學裡她最喜歡妳，也最聽妳的話。」

* * *

暑假一開始，秋霞的母親就不讓她隨便出門了。我去秋霞家，總要編造一些理由，才能把秋霞帶出來，把她交給等得心焦的圓方。黃昏的時候再帶著秋霞回家去，把她交還給眼光裡有些疑惑的老人家。

每一次圓方看到秋霞，那眼神裡的熱切，像兩團紅火花，燒得秋霞融化了般的。每一次秋霞離開圓方回家的路上，失魂落魄的，眼裡盛滿了淚水。「佩吟，我跟圓方這輩子……有可能在一起嗎？」

黃昏的遠天，雲片稀落的在金黃的原野遊走，透著些蒼涼和無奈。

* * *

「佩吟啊，妳說我們秋霞高中都畢業了，該跟端方成親了呢。」

我一時弄不清楚老人家這是問話，還是告訴我一件正在進行的事情。看到秋霞消瘦的臉頰，那兩個美麗清亮的大眼睛，像是經過淚水太多的揉淋，洗去了些原有的明亮。

「伯母，表哥跟表妹太近親結婚不是很好呢，書上說的，以後生的孩子……可能會不正常。」

「沒有的事。」老人家眼角一挑嘴角一撇。「你們現在這些年輕人花樣多，以前我們那時代不都是表哥表妹，親上加親的。再說，我當初答應了妹妹要照顧好端方，這孩子人又懂事，又有正當工作，秋霞嫁給他現成的吃穿，嫁漢嫁漢穿衣吃飯，我們一家人熱熱鬧鬧在一起，佩吟，」老人家用力往我肩上一拍「妳說有多麼好。」

看著老人家在築夢的樓閣裡一臉欣喜的樣子，我真有些不忍拆散那樓閣的支柱。但是想起臨來前圓方期待的眼神，「佩吟，妳是秋霞最好的同學，妳也最知道我們這段感情的，妳一定要幫我們的忙啊。」圓方在另一個美麗的樓閣裡，等著我把秋霞帶進去。

「伯母，這結婚的大事，也要看雙方的感情呀。」

「秋霞跟端方的感情好得很呢，佩吟妳不知道，秋霞沒好意思跟妳說吧。」

「伯母，秋霞喜歡的是我們班上的同學圓方。」

老人家猛然間似乎從樓閣上跌坐下來，她捧著自己的傷痛沉吟了一陣子。

「我說佩吟，妳是知道的，我一個人替人家洗衣擦地的，不容易把秋霞拉拔長大了，她要是我的女兒就該聽我的安排，佩吟妳說，天下有不為兒女著想的母親嗎？」老人家一字一句的，「你們以後誰也別在我面前提什麼圓的方的了，端方是我們家鐵打的女婿，誰也代替不了的。」

* * *

我陪圓方到秋霞家去的那個下午，太陽火毒的噴灑著小鎮的每條街每條巷，圓方一條擦汗的手帕都濕得快擰得出水來了。走過那麼多次熟悉的地方，今天忽然變得又長又遠的走不到盡頭般的。

「今天怎麼這麼熱。」圓方掏出手帕又擦著額頭上粒粒的汗珠。他還是穿著筆挺的制服，走著方正的步子，只是掏手帕的手指頭有些微微的顫抖。

「不要那麼緊張嘛，這樣子，你看到秋霞的媽媽還說得出話來嗎？」

「是呀，是呀，我一定不能太緊張。」圓方再次擦著汗，「可是，可是我怎麼能不緊張呢！」

*　　*　　*

秋霞的母親很客氣的招呼我們坐，還給我們兩人各倒了一杯涼開水。

「你就是圓方吧。」

「是的，伯母您好。」圓方立正般的站起來。

「你坐，你請坐。」

空氣一下子靜了下來，我轉著頭找秋霞。「伯母，秋霞在家吧。」

「秋霞在裡面，我們說完了話再讓她出來。」

空氣又一次像結了冰般的靜下來，屋子裡沒有冷氣，我卻覺得陣陣涼意川流不息，圓方的額頭卻是乾得發亮，沒有了一滴汗水。

「圓方，不是我不讓你跟秋霞來往，實在是我們秋霞早就跟端方在大陸就有了婚約，我妹妹在大陸受苦受難，我不能做這樣對不起她的事。」

「但是，伯母，」圓方從凳子上跳起來，「秋霞跟我是真心的，是真心的，我這輩子……我這……」圓方突然像患了口吃說不成句子。

秋霞從裡間奔出來，跪倒在母親面前，眼眶裡臉頰上全是淚水，「媽媽啊，媽媽，求求您……」

走出秋霞的家門，我終於意識到，過去的日子永遠不再能回來了。斜陽把我們的影子拖得長長瘦瘦的，圓方年輕的背脊還是挺直的，但是我知道他的那顆受傷扭曲的心快要貼到地面了。

秋霞家的那一道門欄，圓方進去，圓方出來，短短的一段時辰，圓方長大了變老了。

* * *

秋霞結婚後不久，我在台中找到了工作。一個月有一兩次回小鎮去看望秋霞。

表面上看著她的日子過得也算平常，在家做個安靜的妻子。端方對她體貼有加，寧願自己多加班，也不讓她出去做事。老人家也說，先生個孩子讓我抱抱，上班的事以後再說。

我們再不提起過去，人事的變遷像小鎮的落葉般，看似一樣的樹木，早已有了不同的枝葉。

再後來我自己忙著交男朋友，接著成家生孩子的，一年裡只能有一次兩次回去小鎮了。

秋霞生了兩個低能的孩子，一個六歲的男孩，一個四歲的女孩。都長得眉清目秀的，只是永遠活在兩歲的世界裡。

老人家如願的一家人住在一個屋簷下，除了兩個天真的孩子整天在屋裡咿咿呀呀的聲音，三個大人都像是失去了談話的對象。老人家快速的添了白頭髮，長了新皺紋，身子弓得有些直不起來了。但是她任勞任怨的做家事帶孫輩，從來沒有一句不平的怨言。端方白天上班，回來幫忙做些家事，找些辦公室的話題。

倒是秋霞，她的話越來越少，勉強擠出來的笑容，顯出幾分淒涼。

* * *

秋霞第一次診斷出乳癌後，到台中的醫院來動手術的。

我跟端方在等候室沉默的坐著。端方一臉悲戚，眼圈泛紅。看得出這大男人受了不少的折磨。

「端方，你自己要堅強些，要為兩個孩子著想呀。」

端方兩個手互相搓揉著，像是長了濕疹似的，要不停的撓癢。

他斷續的說了些話，有些像自言自語般地，不時的擠縮著眉眼，掩飾一份深沉的痛苦。

「我雖然一直喜歡秋霞，但是後來知道秋霞喜歡的不是我，就打消了那意思，但是姨媽不肯，要我每星期三一定去學校看秋霞。年輕時就失去姨丈的姨媽，單打獨鬥的有了堅強獨立的男子漢個性，我媽就是看著這一點，要我跟著姨媽出來，要我學習姨媽的獨立。姨媽決定要做的事情，是沒有人可以阻攔的。我當時怎麼堅持也沒有用，不過我可以離開呀，我怎麼不走呢，我走了也就不至於把秋霞害成今天的樣子。秋霞鬱鬱不樂，加上兩個孩子的打擊，怎麼能不生病呢。」

這大男人沒有學會他姨媽的堅強，抽抽噎噎的流下了滿臉的淚水。

* * *

兩年後秋霞乳癌復發，癌細胞擴散開來。醫生說不必開刀了，回家好好靜養。

正是深秋季節，小鎮的街頭路邊，滿是翻滾的落葉，一陣風來，把它們吹飛到馬路中間，讓過往的車輛壓得粉身碎骨。

躺在床上的秋霞，蒼白的臉色比白床單還照眼，那雙大眼睛定定的望著什麼地方，又像什麼都找不到的失落。

「秋霞……」我的淚簌簌的滴落在白床單上，散開來零落的水印子。

「佩吟，別哭，我都不難過呢，這一天……總歸要來的。」

我更是一句話也說不出來。

還是秋霞先打破了寂靜。「佩吟，我有話要問妳……圓方他還好。」

「啊，」這是她結婚後第一次提起圓方，我一時有些倉促得不知所措，「圓方……他還好吧，我也好久沒有見著他了。」

「他結婚了吧？」

「他結了婚，比我們都晚結的婚，生了兩個孩子。學校畢業後他上了警官學校，好像一直在警界服務。」

「那就好，那就好。」秋霞微微笑了起來，慘白的臉更是顯出無限的淒清。

「他的孩子都……正常健康吧。」也不等我回答，秋霞又是淒惻的一笑，「妳看我問的什麼問題嘛。」

秋霞讓我把椅子上她的皮包拿給她，她費力的翻翻弄弄從裡層拿出一張照片來。是那張她跟圓方站立的全身照，手牽著手眼看著眼。照片背面圓方那比翼鳥，連理枝的題字還是清楚明白。

秋霞把照片遞給我。「請妳替我保管，我幾次都狠不了心撕毀它，那一段日子就只剩下這張照片了。」

「秋霞，」我努力把自己振作起來，「不要再想著過去了，自己過得舒服些，也讓伯母和端方過得安心點。」

「端方對我好我知道，如今一家人也都靠著他養活著。」秋霞的眼角滾出了淚珠：「兩個男人我都對不起。」

* * *

客廳裡老人家蹲在地上，撿拾兩個孩子丟在地上的玩具。

看到我兩個小傢伙追著我叫：「阿……阿……唔……姨。」

端方應該是去上班了。

老人家送我到門口，「佩吟……」她好像要跟我說什麼，最後只說了一句：「謝謝妳來看秋霞。」眼眶裡濕潤潤的。

再堅強的人，也有軟弱的時候。

那年的冬天剛過完，秋霞就過世了。

＊　＊　＊

有人發起高中同學畢業五十周年聚會。在美國定居的人數超過半數，所以地點選在加州的太浩湖。

圓方帶著他的太太從台灣來參加。

我隨著先生移民美國，有二十多年沒有見過圓方了。其實三、四十年沒見面的同學也多的是。如今霜鬢衰臉，歲月毫不留情的送給每個人同等的禮物。大家嘻哈笑鬧的在風裡聽過去的歌聲，在水裡找年輕的身影。

最後一個晚上有人提議租船夜遊太浩湖。很多同學包括我的先生和圓方的太太，都留在旅館休息沒有參加。船上總共沒有幾個人，我特意選了圓方的鄰座。

天上的月色很好，把整個大湖照得清明沉澈。我忽然想起秋霞那雙明亮的大眼睛，一轉眼她都過世三十多年了。

圓方這時輕輕的嘆了口氣：「佩吟，今天是秋霞的生日。」畢竟他沒有忘記秋霞，「她若在世今年六十八歲……但是她在我心裡，永遠是那麼年輕。」

* * *

那次聚會兩年後，圓方心臟病在手術台上過世了。

看著秋霞跟圓方的合照，那牽著的雙手，那凝視的雙眼，彼此傳遞著一份地老天荒的誓言。照片背面圓方工整的字跡：「在天願為比翼鳥，在地願為連理枝」在我的眼前擴大又擴大，遮蓋住了我全部的視線，只剩下淚水流動的空間。

國家圖書館出版品預行編目

郁思文集：年輕的聲音，蒼老的容顏 / 郁思著.
-- 一版. -- 臺北市：秀威資訊科技, 2010.06
面； 公分. -- (語言文學類；PG0354)
BOD版
ISBN 978-986-221-460-2 (平裝)

855 99006805

語言文學類 PG0354

郁思文集

——年輕的聲音，蒼老的容顏

作 者 / 郁 思
發 行 人 / 宋政坤
執 行 編 輯 / 林泰宏
圖 文 排 版 / 郭靖汶
封 面 設 計 / 蕭玉蘋
數 位 轉 譯 / 徐真玉 沈裕閔
圖 書 銷 售 / 林怡君
法 律 顧 問 / 毛國樑 律師
出 版 印 製 / 秀威資訊科技股份有限公司
台北市內湖區瑞光路583巷25號1樓
電話：02-2657-9211 傳真：02-2657-9106
E-mail：service@showwe.com.tw
經 銷 商 / 紅螞蟻圖書有限公司
台北市內湖區舊宗路二段121巷28、32號4樓
電話：02-2795-3656 傳真：02-2795-4100
http://www.e-redant.com

2010 年 6 月 BOD 一版
定價：290元

讀　者　回　函　卡

感謝您購買本書，為提升服務品質，煩請填寫以下問卷，收到您的寶貴意見後，我們會仔細收藏記錄並回贈紀念品，謝謝！

1.您購買的書名：______________________________

2.您從何得知本書的消息？

□網路書店　□部落格　□資料庫搜尋　□書訊　□電子報　□書店

□平面媒體　□ 朋友推薦　□網站推薦　□其他__________

3.您對本書的評價：(請填代號　1.非常滿意 2.滿意 3.尚可 4.再改進)

封面設計____　版面編排____　內容____　文/譯筆____　價格____

4.讀完書後您覺得：

□很有收獲　□有收獲　□收獲不多　□沒收獲

5.您會推薦本書給朋友嗎？

□會　□不會，為什麼？______________________________

6.其他寶貴的意見：______________________________

____

____

____

讀者基本資料

姓名：____________________　年齡：______　性別：□女　□男

聯絡電話：________________　E-mail：____________________

地址：______________________________

學歷：□高中(含)以下　□高中　□專科學校　□大學

□研究所(含)以上　□其他______________

職業：□製造業　□金融業　□資訊業　□軍警　□傳播業　□自由業

□服務業　□公務員　□教職　□學生　□其他__________

請貼郵票

To：114

台北市內湖區瑞光路 583 巷 25 號 1 樓

秀威資訊科技股份有限公司　　　收

寄件人姓名：

寄件人地址：□□□

(請沿線對摺寄回,謝謝!)

秀威與 BOD

BOD（Books On Demand）是數位出版的大趨勢，秀威資訊率先運用 POD 數位印刷設備來生產書籍，並提供作者全程數位出版服務，致使書籍產銷零庫存，知識傳承不絕版，目前已開闢以下書系：

一、BOD 學術著作—專業論述的閱讀延伸
二、BOD 個人著作—分享生命的心路歷程
三、BOD 旅遊著作—個人深度旅遊文學創作
四、BOD 大陸學者—大陸專業學者學術出版
五、POD 獨家經銷—數位產製的代發行書籍

BOD 秀威網路書店：www.showwe.com.tw
政府出版品網路書店：www.*gov*books.com.tw

永不絕版的故事・自己寫・永不休止的音符・自己唱